Las líneas paralelas representan un camino. El círculo del centro te representa a ti situado en él. El círculo grande que rodea a ambos, representa el campo de tu experiencia, hasta donde tus sentidos son capaces de experimentar.

El camino, representa el aquí.

El círculo, representa el ahora.

¡Buen viaje!

De Ser a Ser

No conozco tu cara,
tampoco tu nombre,
no sé cuál es tu edad,
si eres mujer u hombre.

No conozco tu historia,
tus planes futuros,
pero hay una cosa
de la que estoy seguro:

detrás de las diferencias
que entre nosotros han de haber
se esconde en lo profundo
un idéntico Ser,

carente de nombre,
apariencia o pasado,
un ser invisible
a la existencia conectado;

el cual no conoce
convicciones ni filosofías,
por estar arraigado
a la vida y su sabiduría.

Este libro
brotó de esa fuente
que en tu mismo interior
está presente,

por eso de él
nada podrás aprender,
la sabiduría yace
oculta en tu ser.

Es justamente a él
que el libro va dirigido,
solo él es capaz
de comprender su contenido.

Fluye con la lectura,
no te pares a entender,
deja que la música
despierte al Ser,

y si en algún momento sientes
que se abre tu pecho,
vibrando y expandiéndose
hasta traspasar el techo,

será la señal
de que tu ser ha despertado,
será el indicador
de que tu esencia ha aflorado.

Entonces de las palabras
deberás olvidarte,
ellas habrán cumplido
su cometido al guiarte,

hacia tu propio manantial,
hacia tu propio poder,
hacia el tesoro oculto
que albergas en tu ser.

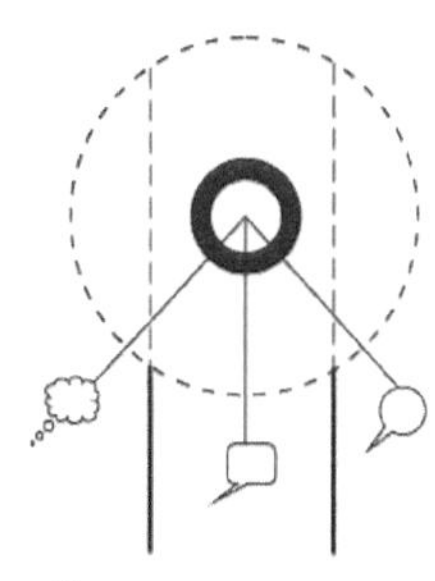

*

Escalaba la montaña
avanzando hacia la cumbre,
dejando atrás la ciudad,
el ruido de la muchedumbre.

Dejando atrás el caos
y la rutina,
dejando atrás el mundo
y su adrenalina.

Pero hubo una cosa
que atrás no dejó,
algo que sin saberlo
desde la ciudad lo siguió,

pegados cual sombra
sin darle un respiro,
los problemas que aún
cargaba consigo.

Por eso cada paso
lo daba pesado,
pues no marchaba solo,
lo acompañaba su pasado. *

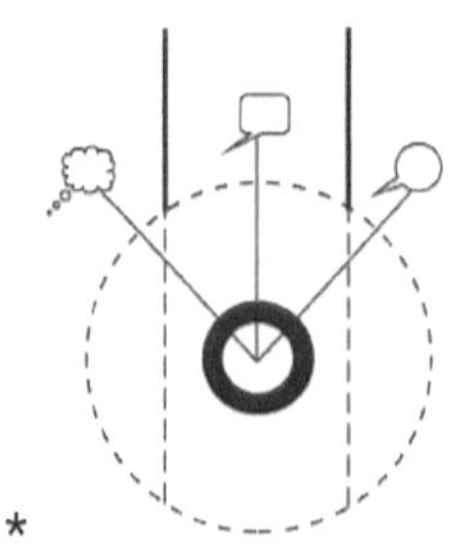

Recodándole su culpa,
arrastrándolo hacia atrás,
repitiéndole sus errores
sin dejarlo en paz,

invadiéndolo de rabia
avivando sus rencores,
eligiendo de sus recuerdos
tan sólo los peores.

Ya se hacía insoportable
aquel calor abrazador,
ya las puntiagudas piedras
llenaban sus pies de dolor,

y como si el viaje no fuera
lo suficientemente duro,
con sus dudas y miedos
aparecería el futuro: *

"¿Y si este viaje
no da resultado?
¿Y si a la rutina de siempre
estoy condenado?

¿Y si en realidad mi vida
no tiene solución?
¿Y si esto del maestro
es tan sólo una ilusión?".

Cuando la duda lo invadía
para no decaer,
repasaba las preguntas
que le quería hacer,

puntillosa y cuidadosamente
para no olvidar ninguna,
no podía darse el lujo
de quedar con duda alguna.

Logró llegar a la cima
abrumado y con fatiga,
tras el ruido de los pensamientos
y el camino cuesta arriba.

Debajo de un pequeño árbol
meditando vio a un hombre,
"¡ese debe ser el maestro!",
lo llamó por su nombre.

-No soy la persona
que andas buscando,
ella está por allí,
con sus niños jugando,

-e indicó la dirección-
señalando con el dedo,
mientras al hombre comenzó
a incendiársele el ego.

-¿Ella?...
¡No puede ser!
busco a un maestro
no a una mujer.

-Ella es a quien buscas,
ella es la maestra,
solo si estás preparado
te dará su respuesta.

Abrumado y confundido
comenzó a caminar
hacia el sitio que el hombre
le acababa de indicar.

"¿Mujer? ¿con hijos?
¿maestra espiritual?,
esto no suena bien,
algo debe andar mal.

¡Maldito nombre ambiguo!,
debí suponer
que podía tratarse
de un nombre de mujer".

Para sus adentros
no paraba de replicar,
mientras la queja y el mal humor
lo comenzaban a eclipsar,

e inmerso en su nube negra
no se había percatado,
que al lado de la mujer
se encontraba parado.

Sus dos pequeños descansaban
con expresión angelical,
ella le esbozó una sonrisa
como no había visto igual.

La contempló un segundo
le preguntó su nombre,
en efecto era la mujer
de la que hablaba el hombre.

-Y tú, ¿quién eres?,
-ella preguntó-.
-Soy un buscador,
-él respondió-.

-¿Y qué haces aquí?,
-preguntó intrigada-.
-Me han dicho que tú
eres una iluminada,

por eso me pregunto
si quisieras ayudarme,
tengo muchas preguntas
que podrías contestarme.

-Disculpa pero no creo
que pueda serte de ayuda,
no tengo muchas respuestas,
tan solo conozco una.

-¿Una sola respuesta?
¡Eso no puede ser!,
si realmente fueras sabia
mucho deberías saber.

-Me temo que mi respuesta
no podrá llenarte,
hasta que de hacer preguntas
llegues a cansarte,

mientras aún queden ganas
de palabras acumular,
no podrás recibir
lo que tengo para dar.

-¿Y cuál es ese mensaje
tan puro y sagrado
que con tanto misticismo
mantienes guardado?

-Lo sabrás a su momento
si así lo quiere la vida,
mujer con sola respuesta
no merece ser oída.

El hombre quedó perplejo,
casi congelado,
su soberbia en pequeñez
de pronto había mutado.

Sin decir ni una palabra
de inmediato se marchó
y aún lleno de desconcierto
el descenso emprendió.

Logró llegar hasta el pueblo
que la montaña circundaba,
conocido por los grandes sabios
que por sus calles deambulaban,

habló con muchos de ellos,
recibió mil respuestas,
sacó cien conclusiones
a partir de todas éstas.

Todas las piezas encajaron
en el puzle de su intelecto,
pero algo en su interior
aún seguía hambriento,

hambriento de paz,
hambriento de tranquilidad,
hambriento de satisfacción
y de libertad,

hambriento de plenitud,
hambriento de sentido,
por mucho que aprendiera
seguía estando desnutrido.

Comenzaba a sospechar
que no habría solución,
que las palabras no podrían
ayudarlo en su liberación.

Por eso le fue imposible
no recordar a esa mujer,
que su mar de preguntas
se negó a responder,

quien le dijo que no existían
respuestas para la vida,
hasta que la mente de preguntas
no estuviera vacía.

Era el día de partir
de regresar a su país,
y él aún se sentía
más desdichado e infeliz,

que el día en que aterrizó
en esa lejana tierra,
de la que partiría aún
más lleno de miseria.

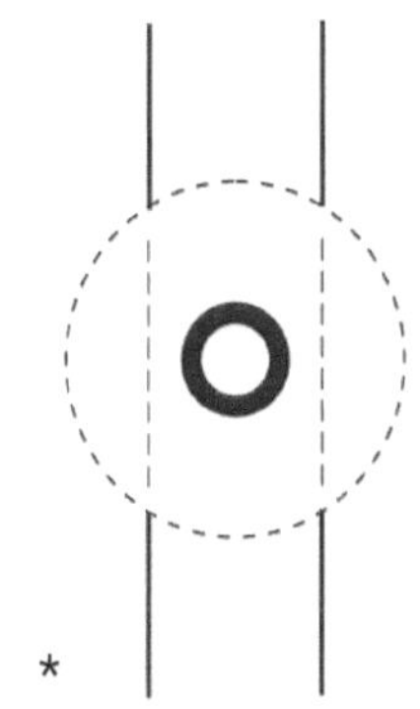

Pero al instante de abordar
aquel pequeño avión,
de todo su ser
se apoderó un envión,

que lo impulsó a volver
a la montaña escalar,
que lo impulsó a subir
y con ella volver a hablar.

Larga fue la caminata,
lastimados quedaron sus pies,
mas, parado frente a ella
se encontraba otra vez.

-He vuelto a ti
para que me ayudes a ver,
ya no hay más preguntas
que tenga para hacer.

Sé que es largo
el camino de la espiritualidad,
largo el sendero
que conduce a la verdad, *

pero mi vida es un infierno
del que deseo liberarme,
solo anhelo un poco de paz,
¡tienes que ayudarme!

¿Espiritualidad, largo camino?,
eso es un espejismo,
no hay camino más corto
que el que conduce a ti mismo, *

y la verdad está en ti,
así que puedes estar seguro
de que no la encontrarás
mientras la busques en el futuro.

El hombre quedó mudo
ante tanta contundencia,
ante la energía que emanaba
de esa sutil presencia.

Tan frágil, por un lado
y a la vez tan poderosa,
pues fuerza y poder
no son la misma cosa.

-Tus problemas no se deben
a lo que te haya ocurrido,
el verdadero problema
es que aún los cargas contigo.

Tampoco tu ansiedad
se debe al porvenir,
sino que en controlarlo
también has de insistir.

Así es como pasado
y futuro haces presente
deambulando por ese camino
que solo existe en tu mente, *

soñando con las huellas
que atrás has dejado,
y con aquellos pasos
que ni siquiera has dado.

Huellas a las que tú
llamas "mi vida",
un montón de pensamientos
que a donde vas llevas encima,

y es de ésta manera
que el camino alargas,
entonces "tu vida"
se vuelve una carga.

Pues sin querer
de pronto has confundido,
el camino verdadero
con el que tú has construido.

-¿El camino verdadero,
a qué te estás refiriendo?
-Al tramo que estas pisando,
-dijo la mujer sonriendo-.

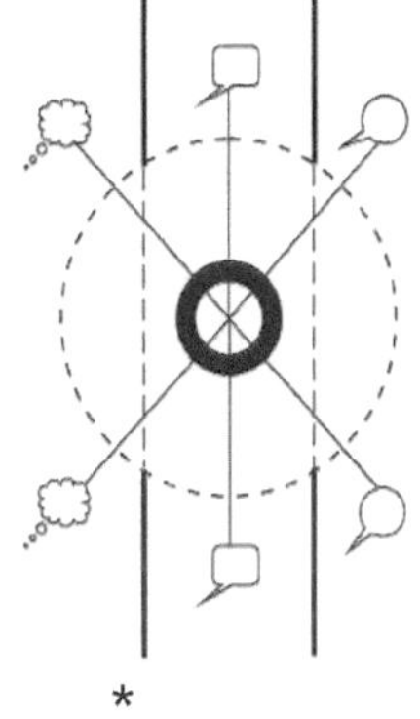

*

Que el camino sea largo
es tan sólo una ilusión,
las huellas pasadas y futuras
son recuerdo e imaginación,   *

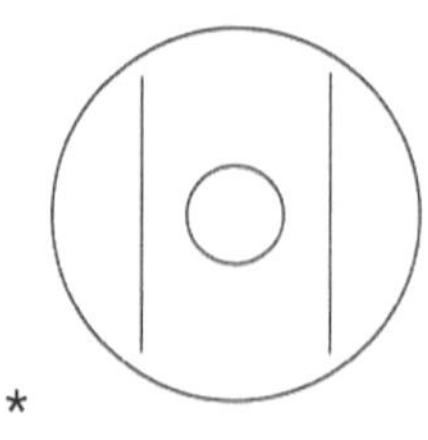

pues más allá del pensamiento
se encuentra el camino real,
ese que habita dentro
del Círculo de la paz mental. *

-¿De qué círculo me hablas?,
-el hombre preguntó-.
-!Del Círculo de la Vida!,
-la mujer respondió-.

El hombre quedó perplejo
desbordado de intriga.
-¿Qué quieres decir
con el Círculo de la Vida?

Entonces procedió
a darle su mensaje,
ese por el cual
él había emprendido el viaje.

-El Círculo es un mapa,
apenas una guía,
te recuerda que solo ahora
está ocurriendo la vida.

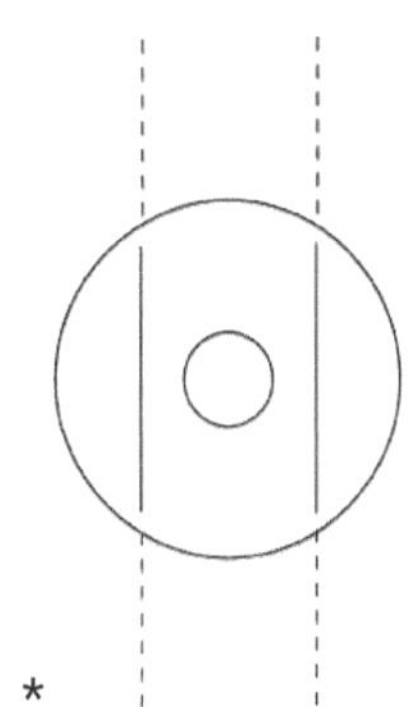

Que lo único real
es éste momento,
que el camino no llega
donde llega el pensamiento. *

En su interior hay espacio
puro e inmaculado,
que no puede ser tocado
por el futuro o por el pasado,

de hecho, en él
no existe el tiempo,
tan solo hallarás
la frescura de éste momento.

Porque la vida es éste instante
que pasado y futuro ignora.
Ella solo conoce el aquí,
ella solo conoce el ahora.

El hombre escuchaba
como hipnotizado,
distendido, tranquilo,
calmado.

Por su mente no cruzaba
ni un solo pensamiento,
era como si flotara
dentro de aquel momento.

Pero de pronto una duda
lo golpeó duro:
-¿pretendes que me olvide
del pasado y del futuro?

¿Que finja que mis problemas
ya se han resuelto?,
¿que me encierre en una burbuja
tranquilo y contento?

¿Que debo deshacerme
de todo lo vivido,
de los hermosos recuerdos
que atesoro del camino?

¿Que rechace el porvenir
y junto con él mis sueños?,
¿realmente crees
que sea ése el remedio?

-Cuando estás dentro del Círculo
tú eres consciente,
y utilizas tus pensamientos
pero voluntariamente,

entonces a su interior
invitas al pasado,
consciente de que éste
tan solo es recordado,

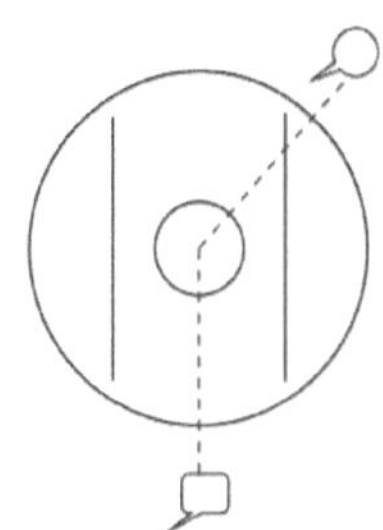

y de la misma forma
proyectas el porvenir,
consciente de que él
aún no ha de existir.

Así por los pensamientos
ya no eres absorbido,
al Círculo solo invitas
los que tú has elegido. *

Ahí está el secreto,
del Círculo la razón,
de él tomas consciencia
cuando enciendes tu atención,

y cuando este instante
fluye con intensidad,
pasado y futuro
ya no parecen verdad.

Así es que por tu mente
ya no caminas dormido,
ahora ella es la sirvienta
que siempre debió haber sido.

Por eso, es una pregunta
la que cambiará tus días:
¿Estoy dentro o fuera,
del Círculo de la Vida?

Hicieron silencio,
los invadió la calma,
ambos quedaron
conectados de alma a alma,

inmersos en aquel
instante transparente,
donde se detuvo el tiempo
junto con sus mentes.

-Esto es de lo que hablo,
-dijo ella muy serena-,
inmerso en este instante
¿dónde fueron tus problemas?

¿Qué queda de ellos
cuando acallas tu mente?,
¿acaso no queda solo
el momento presente?

¿Acaso en este instante
en el que ahora estás,
no te sientes pleno
y rodeado de paz?

-No sé lo que siento,
-dijo el hombre sin pensar-,
lo único que sé
es que aquí quiero estar.

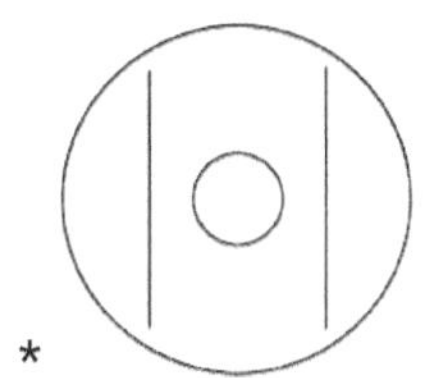

-Siempre estás aquí
siempre es ahora,
solo con despertar
la pesadilla se evapora.

Ya conoces mi respuesta,
es tuya la decisión.
Dentro o fuera del Círculo,
¿dónde pondrás tu atención?

Porque, aunque largo parezca,
trunco es el camino de la vida,
que en el ahora empieza
y en el ahora termina. *

"No hay camino más corto
que el que conduce a ti mismo".

Recordaba las palabras
que ella había pronunciado.
"¿Quién soy si dentro del Círculo
dejo fuera mi pasado?".

Y bajo aquél cielo nocturno
se miró por primera vez,
sin dejar que el pensamiento
le recordara quien es.

Entonces cerró los ojos,
apagó sus sentidos,
sin saber que encontraría
en él algo escondido.

Aunque la mayor sorpresa
se la llevó al día siguiente,
cuando viajando en el metro
notó algo extraño en la gente.

CAPÍTULO UNO

El Camino de la Felicidad

El Camino de la Dicha

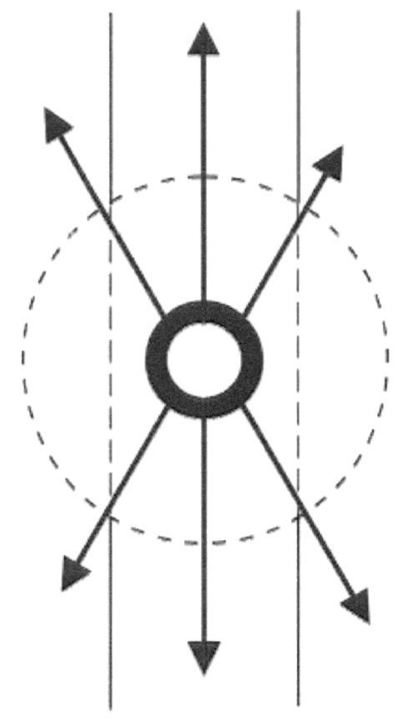

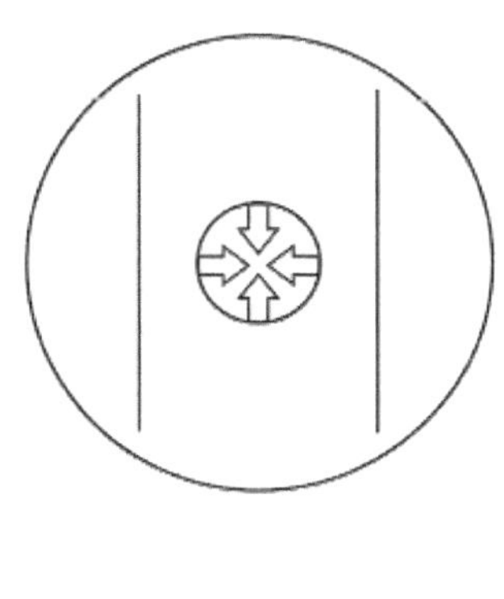

FELICIDAD	DICHA
APEGO	AMOR
RECHAZO	COMPASIÓN
SEPARACIÓN	COMUNIÓN

EL CAMINO DE LA FELICIDAD

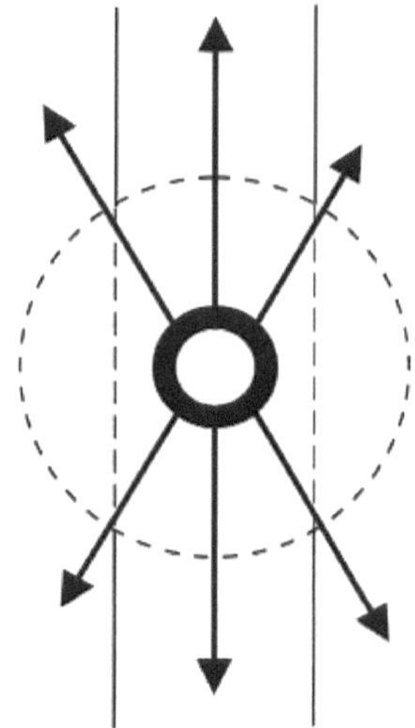

FELICIDAD

APEGO

RECHAZO

SEPARACIÓN

La circunferencia del centro representa la periferia de nuestro ser (la mente) que busca la felicidad en un camino proyectado por ella misma hacia el pasado y el futuro. Las líneas punteadas representan el aquí y el ahora, el cual es apenas percibido cuando esto sucede.

Felicidad

Hermosa es su llegada,
pronta su partida,
nada de lo que nos rodea
dura toda la vida.

La felicidad son momentos
que vienen y van...
depende de situaciones
que atadas al cambio están,

por eso al comprender
su efímera transitoriedad,
podrás experimentar
una cierta libertad.

Libertad de la ansiedad
por la búsqueda obsesiva,
de momentos felices
que den sentido a la vida.

Libertad del miedo
que surge al pensar,
que la felicidad de hoy
se puede acabar.

Libertad de vivir
presos de la mente,
que no conoce la esencia
sino las formas solamente,

y que intentando retenerlas
desgasta tu ser entero,
luchando por conservar
lo que en esencia es pasajero.

Pero hay algo en ti
que ya está colmado,
algo que no necesita
ir a ningún lado.

Algo permanente,
fuente de satisfacción,
que está más allá del mundo
y de toda situación.

Mas, no podrás conocerlo
mientras fuera sigas buscando,
ese algo está en ti,
en tu interior esperando.

Apego

Alguien puede hacerte feliz
pero solo de a momentos,
la personalidad es algo
que siempre está en movimiento.

Detrás de la cara luminosa
se oculta la parte oscura,
aferrarse a la primera
es fuente de amargura.

Lo mismo ocurre contigo
cuando intentas ser perfecto,
y al hacerlo sientes
que aumentan tus defectos.

Tu personalidad no es algo
que pueda alimentarte,
te sentirás desnutrido
si a ella has de apegarte.

Pues más allá de las apariencias
y de las formas de ser,
se esconde la verdadera esencia
que tu envase ha de esconder.

Rechazo

Apegarse a la personalidad
es buscar alimento en ella,
pero al sentir su amargor
comienza la querella,

y creyendo que ese sabor
se trata de algo incorrecto,
lo rechazamos con vehemencia
tildándolo de defecto.

Pero la personalidad
no tiene la culpa,
de ser cáscara
en lugar de pulpa,

y trabados en lucha
contra su dureza y amargor,
atrapados en la superficie
rechazamos el dulzor,

que ninguno de los sentidos
es capaz de percibir,
ese que aquí y ahora
en lo hondo ha de fluir.

Separación

La separación
surge de la mente,
que al ver la superficie
percibe todo diferente.

Es cierto que no existen
dos personas iguales,
la existencia es una creadora
que ama las cosas originales.

Pero detrás de las apariencias
y de las formas de ser,
se esconde la esencia
que los ojos no pueden ver.

Oculta tras las fachadas
aunque la ignoren los sentidos,
hablamos de la Vida
que en lo hondo compartimos.

Apaga tus sentidos
olvida las apariencias,
siente esa parte tuya
que pertenece a la existencia.

Así ya no serás
en el mundo un extranjero,
de lo que estás hecho tú
está hecho el universo entero.

EL CAMINO DE LA DICHA

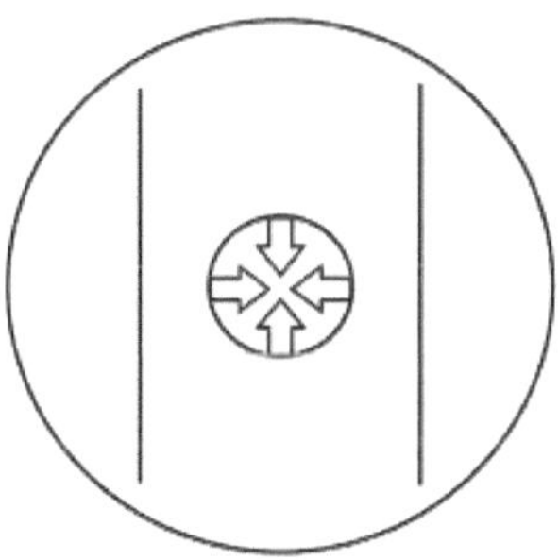

DICHA

AMOR

COMPASIÓN

COMUNIÓN

Aquí vemos al Ser dirigiendo la atención hacia su núcleo, hacia la vacía esencia que lo constituye, esencia que también constituye el ahora y el resto de la existencia.

Dicha

¿Qué es la dicha?
sino el reconocimiento
de eso infinito
que llevamos dentro,

de ese vacío
que vibra en nuestro ser,
y se expande más allá
de lo que podemos entender.

¿Qué es la dicha?
sino esa plenitud,
desde la que brotan
calma y gratitud,

generando un gozo
sin motivo alguno,
más que el de sentir
la vida en estado puro.

¿Qué es la dicha?
sino esa sensación,
de ser uno
con la creación,

sintiendo fluir
la energía misteriosa,
que conforma nuestra esencia
y la de todas las cosas.

¿Qué es la dicha?,
no necesitas aprender,
dicha es lo que eres,
ella emana de tu ser.

Amor

La dicha es una puerta,
una puerta hacia tu interior,
abrirla en los demás:
eso es el amor.

Has encontrado la llave
que tu portal permitió abrir,
y la usas en los demás
para a ti mismo descubrir.

Por eso en las historias
ya no has de creer,
el pasado se disuelve
cuando miras desde el Ser.

Así las diferencias
se vuelven espejismos,
detrás de cada puerta
te encuentras a ti mismo.

Porque una es la vida
que fluye en cada interior,
reconocerse en el otro:
eso es el amor.

Compasión

Frente a una persona
atrapada en sus pensamientos,
generando con su mente
miles de tormentos,

alimentando la negatividad
que tanto la hace sufrir,
buscando invadirte
para reforzar su sentir.

Solo abre tu ser
y regálale tu paz,
de pensamientos él está lleno
no le hacen falta más.

No agregues más ruido al ruido,
haz a un lado tu mente,
conecta con tu ser
ése que el del otro siente.

Compártele ese espacio
libre de toda ansiedad,
sin hablar le habrás recordado
al Ser su propia verdad.

La verdad detrás del sufrimiento
y todo ruido transitorio,
la verdad de lo permanente
escondido tras el envoltorio.

La verdad oculta
tras las diferentes fachadas,
que con el ruido de la mente
no puede ser manchada.

Así es como nace el gesto
más noble que pueda existir:
mantenerte calmado
para tu ser compartir.

Silencioso frente al ruido,
vulnerable ante la negatividad,
inocente frente a la astucia,
cobijado en la verdad.

Así es como el amor
se convierte en compasión,
cuando en medio del conflicto
el Ser canta su canción.

Comunión

Comunión es sentirte
unido a todos los seres,
pero eso puede suceder
si reconoces lo que eres.

Se trata de la experiencia
más paradójica que conocerás:
aislarte en tus profundidades
para unirte a los demás.

Así podrás comprender
que las diferencias no existen,
que el Ser es solo uno
aunque mil formas lo visten,

y verás con asombro
las fronteras desvanecer,
pues allí donde mires
hallarás tu propio ser.

Entonces vislumbrarás
una nueva realidad:
no perteneces a tu cuerpo
sino a la gran totalidad.

Las naranjas son frutas...

Las naranjas son frutas
sumamente especiales,
las caracterizan sus valores
y sus enormes ideales.

La naranja de este cuento
no era la excepción,
grandes eran sus sueños
y su determinación.

Un día mientras descansaba
leyó algo muy profundo,
algo realmente hermoso
capaz de cambiar el mundo:

"Amor incondicional,
ama a todos como a ti mismo,
pues todos somos uno,
las diferencias son espejismos".

¡Cuánto le había gustado
esa nueva información!,
el amor incondicional
se volvería su misión.

Caminando hacia la plaza
se cruzó a una banana.
-Buen día, ¿cómo estás?,
¡qué hermosa mañana!

-Sin dudas mejor que tú,
-respondió de forma altanera-,
pero que tengas buen día
de todas maneras.

Pues las bananas solían ser
siempre un tanto engreídas,
quizá por ser las únicas frutas
que podían andar erguidas.

Pero la naranja se hizo la tonta
mirando hacia otro lado,
haciendo de cuenta
que nada había escuchado.

El día siguió su curso,
la historia se repitió otra vez,
pero ahora con el limón
y su famosa acidez.

-Buenas tardes señor limón,
¡qué día espectacular!,
qué afortunados somos
de poderlo disfrutar.

-¡Pero si es la naranjita
tierna y amorosa!,
¿cómo es que siendo cítrica
eres tan empalagosa?

La naranja hirvió por dentro
pero de su respuesta hizo omisión,
ella ya conocía
el sarcasmo del limón.

Entonces siguió caminando
cabizbaja y pensativa,
pues tanto mal humor
era algo que no entendía.

"Seguro que estas frutas
son imposibles de amar,
seguiré probando con otras,
¡no me van a ganar!".

Ahora le tocó a la uva
poner a prueba a nuestra amiga,
quien tras este fugaz encuentro
quedó aún más aturdida.

Pues las uvas eran especiales,
siempre inquietas y ruidosas,
parecían una multitud
verborrágica y chismosa.

-¿Cómo estás naranjita?,
tengo mucho que contarte,
solo dame un minuto
para poder actualizarte.

Ayer el tomate
estaba muy mal,
¿soy fruta o verdura?
era su duda existencial.

Entre el coco y el melón
hubo una gran querella,
sobre cuál de los dos
tenía la cáscara más gruesa.

Esta noche va a llover,
mañana habrá un concierto,
oí que estás deprimida,
¿acaso es eso cierto?

-¡Ya es suficiente!,
-la naranja gritó-
y sin decir más palabras
de inmediato se marchó,

y aunque no toleró
aquel atropello,
al marcharse se sintió
culpable por ello.

Cuando ya fue demasiado
y más frutas no quiso ver,
aparecería la piña
para hacerla enfurecer.

Siempre a la defensiva
con sus pinchos amenazantes,
desconfiada de cualquiera
que se le pusiera adelante.

Caminando por la calle
tropezó con una piedra,
la naranja se acercó
de inmediato a socorrerla,

aunque al intentar ayudarla
una sorpresa se llevó,
cuando con ira y arrebato
la piña contestó:

-¿Qué crees que haces?,
quita tus manos de encima,
¿quieres avergonzarme?
¡Eres una atrevida!

Mejor vete de aquí
antes que te dé un pinchazo,
-y la naranja se marchó-
llena de odio y rechazo.

Sentía como si fuera
la peor fruta del mundo,
intentando dar amor
solo sentía odio profundo,

y esta situación
realmente la confundía,
por eso pidió consejo
a la anciana sandía.

Juntas se sentaron
bajo un árbol a charlar
entonces la naranja
comenzó por preguntar:

-¿Existe el amor incondicional
o es tan solo un ideal?
¿Es verdad que todos somos uno?,
pues suena un tanto irreal.

-¿Quién eres tú?
- preguntó la sandía-.
-Soy una naranja
-respondió enseguida-.

-¿Y cómo lo sabes?
-la sandía agregó-.
-Porque veo mi cáscara,
-ella respondió-.

-Cierra tus ojos,
¿ver tu cáscara puedes?,
¿ahora podrías
decirme quién eres?

-No veo nada,
tan solo oscuridad
y a decir verdad
me da un poco de ansiedad.

-Si no logras ver nada
es porque no hay nada que ver,
solo puede ser sentido
lo que tu interior ha de esconder.

Es por eso que tus ojos
no podrán ayudarte,
será con tu sentir
que deberás guiarte.

Mantente muy alerta,
vuélvete sensible,
siente cómo el silencio
de a poco se torna audible.

Olvida a la naranja,
siente tu presencia,
conecta con tu sutil
pero vibrante esencia.

La naranja quedó inmersa
por unos cuantos segundos,
sentía como si estuviera
entrando en otro mundo.

No eran sus ojos,
tampoco sus sentidos,
era su mismo ser
lo que se había encendido.

En él sintió una dicha
que no pudo contener,
y de sus ojos comenzaron
lágrimas a caer,

pero entre medio de ellas
afloró una carcajada,
y las risas brotaron
dejándola desconcertada.

La invadió un sentimiento
de profunda plenitud,
era una extraña mezcla
de amor y gratitud.

Era una alegría
que no podía entender,
que no venía de afuera
sino de su propio ser,

y era ésta tan dulce
que la podía saborear,
la naranja su néctar
acababa de encontrar.

-¿Quién eres ahora?
-la sandía preguntó-.
-Ahora solo soy
-la naranja respondió-.

-Lo que eres ahora
es lo que siempre has sido,
solo que nunca antes
lo habías reconocido,

pues tus sentidos sirven
para conocer el mundo,
pero no para advertir
lo que escondes en lo profundo.

Con ellos podrás conocer
solamente tu exterior,
esa cáscara un tanto dura
y de amargo sabor,

y al mirar a las demás frutas
también sus cáscaras verás,
pues los ojos ven la superficie
pero no lo que hay detrás.

Entonces caerás en la ilusión
de que todas son diferentes,
porque en lugar del contenido
solo ves el recipiente,

y en esa diferencia
surge la separación,
pues aún no has tomado consciencia
de la verdadera fuente de unión.

Hablo del néctar,
de la pulpa nutritiva
que en su interior cada fruta
lleva escondida,

que está allí disponible
listo para ser disfrutado,
por la fruta que su propio néctar
en sí misma haya encontrado,

sintiéndose conectada
de interior a interior.
Eso querida naranjita
es el verdadero amor.

Ese que es más profundo
que cualquier apariencia,
y permanece presente
aún en las diferencias.

Ese que no elige
a qué interior ser leal,
ese que fluye espontáneo
y de forma incondicional.

Ese que ahora mismo
estás sintiendo al ver
tu riqueza reflejada
en mi propio ser,

y que aún sin quererlo
en las demás frutas sentirás,
notando que en lo invisible
unida a ellas estás.

La sandía hizo silencio,
sus miradas cruzaron,
el lenguaje del amor
sin palabras hablaron.

Así permanecieron
con sus cáscaras diluidas,
conectadas de ser a ser,
conectadas de vida a vida.

No juzgues a una fruta
por la cáscara o su amargor,
si eres tú quien ignora
dónde se esconde el sabor.

No juzgues a una persona
de carente o incorrecta,
si eres tú el incapaz
de sentir su parte perfecta.

No te juzgues a ti mismo
por lo que has dejado atrás,
mejor siente tu dulzor
y embriágate de paz,

pues eres mucho más
que tu forma limitada:
detrás de su amargor
está la vida inmaculada.

Se sentó en la arena,
tranquilo, consciente,
totalmente alerta
al momento presente.

Dentro del Círculo
solo habitaban
el cielo, el mar,
y él, que los contemplaba.

No había ideas
ni pensamientos,
solo la inmensidad
de aquel momento.

De pronto, por un instante
se sintió desvanecer...
en el Círculo se había fundido
con todo lo que podía ver.

CAPÍTULO DOS

El Camino
de la Seguridad

El Camino
de la Confianza

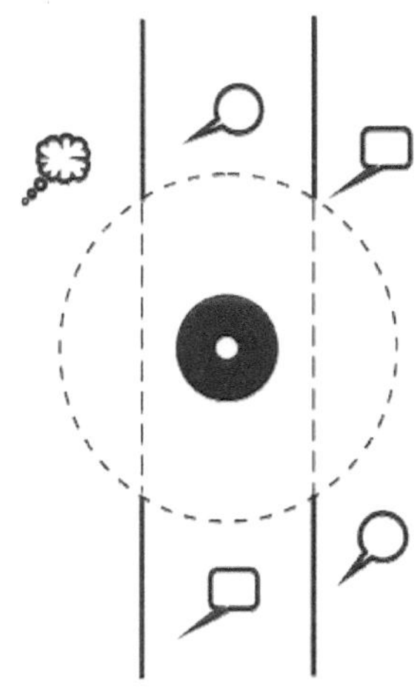

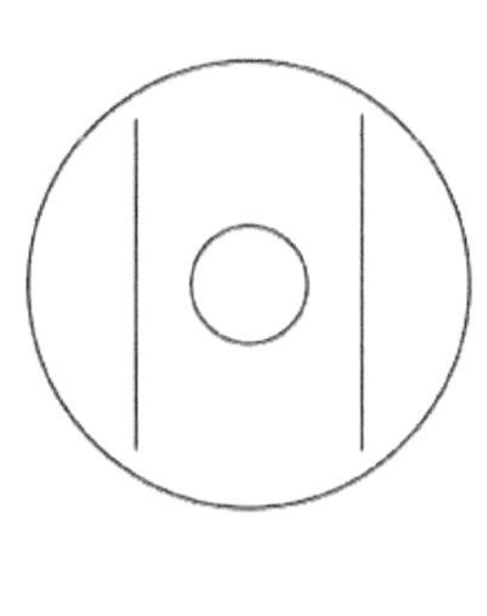

SEGURIDAD

CONFIANZA

AGITACIÓN

QUIETUD

CONFUSIÓN

CLARIDAD

VACÍO

SENTIDO

EL CAMINO DE LA SEGURIDAD

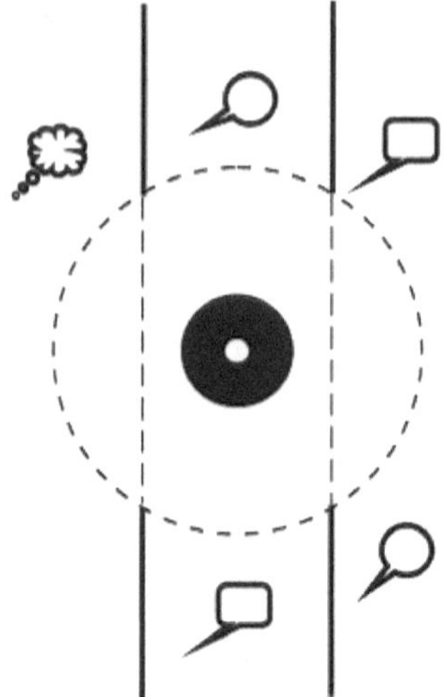

SEGURIDAD

AGITACIÓN

CONFUSIÓN

VACÍO

Las líneas sólidas representan el pasado y el futuro, las líneas punteadas representan el aquí y el ahora. La gruesa circunferencia del centro representa al falso ser alimentándose de sus propias proyecciones, a la vez que con su crecimiento oprime el espacio del Ser verdadero.

Seguridad

De la inmensidad del mundo
te haces consciente,
percibes tu pequeñez,
te sientes carente,

te sientes frágil
e indefenso,
comienzas la lucha
en este mundo inmenso.

Hablamos de la lucha
en busca de seguridad,
un intento de agrandarte,
de compensar tu fragilidad,

de proteger la vida,
de brindarle solidez,
de rodearla de objetos
que oculten su pequeñez.

Así, vas caminando
en estado de carencia,
buscando crecer,
ocultando tu insuficiencia,

sin saber que alimentas
un falso personaje
que prometiendo protección
hará muy pesado el viaje.

Al principio te sentirás
seguro tras su armadura,
pero tapar tu fragilidad
solo traerá amargura.

Pues en ella mora el niño,
la magia, la fantasía,
en tu fragilidad se esconde
la esencia de la vida.

Por eso, haz una pausa,
siéntate a contemplar:
lo que realmente eres
no se puede mejorar.

Tu ser verdadero
no puede crecer,
crece el personaje
que a la vida ha de temer.

Agitación

El humano es la parte,
una isla en el universo,
el Ser es la vida,
que en él está inmerso.

El humano vive agitado
pensando en sobrevivir,
el Ser solo disfruta
el regalo de existir.

Cuando sientes que el mundo
no para de girar,
cuando sientes que corres
y no puedes parar,

mira hacia adentro
y hallarás al responsable:
el humano, la parte,
que se siente vulnerable.

Porque la vida es la escuela
compartida entre hermanos,
donde aprendemos a vivir
como Seres - Humanos.

Confusión

Si vendas tus ojos
y comienzas a correr,
puedes estar seguro
de que te vas a perder.

Mas, si al sentirte perdido
aumentas la velocidad,
tratando de escaparte
de esa incomodidad,

caerás en la cuenta
de tu desorientación,
correr sin saber a dónde,
¡eso es la confusión!

Por eso, detente,
párate a observar,
que no sea el miedo
quien te ha de guiar.

Asegúrate que él
no sea tu conductor,
o llegues donde llegues
siempre sentirás temor.

Vacío

Cada vez que sientas
a la vida perder sentido,
cuando la realidad te oprima
y te sientas vacío,

intenta este experimento
sencillo pero infalible,
que pondrá todo en su lugar
aunque te resulte increíble.

Solo tapa tu nariz
con tu dedo índice y pulgar,
luego cierra la boca
y siéntate a esperar.

Verás cómo en un minuto
los problemas van desapareciendo,
y cómo en un minuto más
estarás agradeciendo.

Agradeciendo a la existencia
por ese trozo de energía,
al que llamamos aire
y alimenta la vida.

Entonces te darás cuenta
de lo único que tiene valor,
la única cosa importante:
la vida en tu interior.

Y a la vez reafirmarás
eso que ya sabías:
todo lo que posees
no es en verdad tu vida.

Todo lo que vives
luchando por mantener,
no es realmente tu vida,
sino lo que ella te permite hacer.

Pero cuando a la vida
confundes con lo transitorio,
ignoras lo esencial
en pos del envoltorio.

Y en esta confusión
es que irrumpe el vacío,
porque la vida en tu interior
aún no has reconocido.

EL CAMINO DE LA CONFIANZA

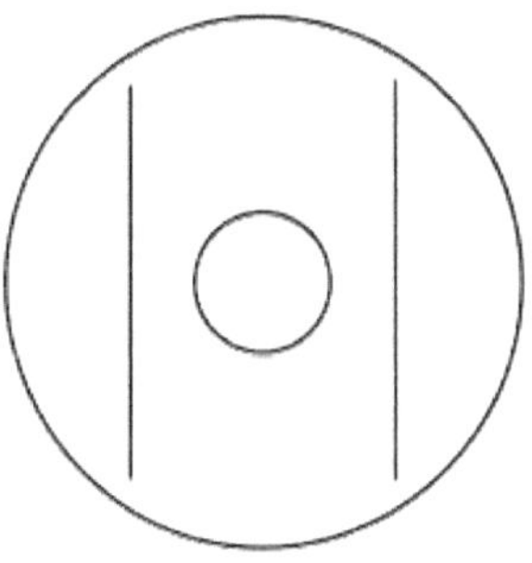

CONFIANZA

QUIETUD

CLARIDAD

SENTIDO

La imagen representa al Ser, en el aquí y ahora, abierto, en estado de confianza y aceptación hacia la vida.

Confianza

Viniste a este mundo
sin haberlo pedido.
De la nada a la existencia,
misterioso recorrido.

Al momento de tu llegada
todo estaba planificado,
en la suite más lujosa
estabas instalado.

Alimento permanente,
amor y calidez,
el hogar más entrañable
que conociste alguna vez.

Del viaje entre dimensiones
pudiste allí descansar,
la inteligencia más exquisita
tu cuerpo empezó a crear.

Allí pasaste nueve meses
por el creador asistido,
quien moldeó cada órgano,
cada hueso y tejido.

Al terminar su obra maestra
fue momento de salir
y en una casa más grande
comenzar a vivir.

Un hogar inmenso,
especialmente decorado,
con montañas, ríos y mares
para que fuera de tu agrado.

Habitado por millones de seres
de todo tamaño y color,
todos ellos diseñados
por el mismo creador.

En ella estaba listo el aire
para que puedas respirar,
y el agua de mil ríos
por si te fuera a faltar,

miles de frutas y alimentos
para tu hambre satisfacer,
y una madre deseosa
de conocerte al nacer.

Pero, ¿por qué tanto cuidado?,
¿por qué tanta atención?,
¿por qué tanto detalle
y tanta devoción?,

si eras literalmente nada
en el interminable universo,
y pasaste a ser una gota
que en él estaba inmerso...

Es que había un secreto
del cual no eras consciente,
el Todo creó tu cuerpo
para usarlo de recipiente.

Por eso de tanto esmero
fuiste -y eres- merecedor,
pues dentro de tu envoltorio
habitaría el creador.

El creador silencioso
de toda la existencia,
que se esconde en el vacío,
camuflado de ausencia.

Ese que habita en todos lados
sin jamás dejarse ver,
ahora habita en tu interior
y es parte de tu ser.

Desde allí te alimenta
con su silenciosa energía,
que emana de su presencia,
fuente de toda vida.

Por eso tu corazón late
sin que estés al tanto de él,
por eso tus heridas curan
y por los poros respira tu piel.

Por eso tus ojos ven,
y tu sangre ha de fluir,
por esa misma inteligencia
que en tu interior ha de vivir.

Y como si esto fuera poco,
ella también puede guiarte,
cuando el ruido interior acallas
y comienzas a serenarte.

Entonces podrás oír
su silenciosa melodía,
fuente de inspiración
y profunda sabiduría.

Solo debes aprender
al personaje soltar,
solo debes sentir
para empezar a confiar.

Sentir para darte cuenta
de la vastedad de tu ser,
sentir para conocer
lo que los ojos no pueden ver.

Por eso la confianza
es más poderosa que la razón:
es mirar lo que eres
con los ojos del corazón.

Quietud

Cuando eso que eres
ha aflorado,
ya no te urge
ir a ningún lado.

Donde sea que estés
te sientes abundante,
sin necesidad de hacer nada
permaneces rebosante.

Pues la verdad misma
has encontrado,
esa que está en ti
y en ningún otro lado.

Cuando adentro está todo,
no hay nada que alcanzar,
lo único que deseas
es silencio y respirar.

Claridad

De pronto te aquietas,
el sedimento va al fondo,
tu ser se transparenta,
te sientes más hondo.

Puedes percibir
tu propia profundidad,
sientes lo vasto
con claridad.

El pequeño yo
y su historia personal,
cede lugar
a lo universal.

Así la esencia
fluye liberada,
percibiendo fuera
su luz reflejada.

El mundo tan solo
es un espejo,
lo que ves en él
es tu reflejo.

Sentido

Buscando sentido a la vida
el mundo podrás conquistar,
pero siempre sentirás
que algo ha de faltar.

Buscando sentido a la vida
el mundo podrás recorrer,
pero siempre sentirás
que algo falta por conocer.

Buscando sentido a la vida
posesiones podrás adquirir,
pero siempre sentirás
que algo falta conseguir.

Aun conquistando el mundo
desearás el universo,
porque algo en tu interior
en él quiere estar inmerso.

De algún lugar brota
un anhelo de expansión,
algo en ti desea el Todo
con profunda devoción,

y no se rendirá,
ni respetará barreras,
porque ese algo en ti
no reconoce fronteras.

En lugar de forzarte
a conquistar el mundo,
mejor busca ese impulso
escondido en lo profundo,

pues solamente él
podrá realizar tu anhelo
de unirte a la existencia
y de sentirte pleno.

Solo él destruirá
la ilusión de separación,
solo él podrá cumplir
tu deseo de expansión.

Entonces ya no hará falta
el universo conquistar,
porque sabrás que tu gota
siempre estuvo unida al mar,

y toda tu existencia
rebosará de sentido,
porque la vida en tu interior
habrás reconocido.

El sentido de la vida
no es algo a conseguir,
él se halla escondido
dentro del mismo sentir.

En la inmensidad del mar...

En la inmensidad del mar
una gota nació,
apenas abrió los ojos
al ver se sorprendió.

Quedó paralizada
por la magnitud de lo que veía,
por la inmensa vastedad
que todo lo envolvía.

Ante aquello imponente
se sintió insignificante,
ser una gota en el mar
le pareció escalofriante.

Vulnerable y a la deriva
el misterioso mar la manejaba
y ella ¡tan diminuta!
por él era arrastrada.

Mas, movida por el temor
una búsqueda emprendería:
la de intentar crecer
para ser alguien en la vida.

Tras mucho buscar
un día encontró
una escuela de gotas
a la que se integró.

Allí le enseñarían
todo lo que debía saber,
para ser una gota más grande
y así poder trascender,

allí podría aprender
todo sobre el inmenso mar
para sentirse más segura
y poderlo dominar.

El tiempo pasaba,
la gota se amaestraba,
acumulando información
sus conocimientos aumentaban,

tras unos cuantos años
de ardua preparación,
de la escuela logró egresar:
¡ya podría cumplir su misión!

La misión de crecer,
dejando de ser diminuta,
pasar de ser ingenua
a ser una gota astuta.

Por eso el mar ya no sería
para ella un sitio inseguro:
ahora era alguien
que ¡por fin! tenía un futuro.

Así es que una a una
sus metas fue cumpliendo,
utilizando sus recursos
día a día iba creciendo.

Todas las gotas la miraban,
sentían por ella admiración,
ahora era respetada
por sus logros y convicción.

Y aunque estaba orgullosa
de todo lo logrado,
algo en su interior ocurría
que no era de su agrado.

Cuando el ajetreo cesaba
y la quietud aparecía
sentía una angustia
que la envolvía,

cuando se encontraba a solas
con el inmenso mar,
sin nadie alrededor,
surgía un malestar.

Volvía esa sensación
de ser insignificante,
de sentirse amenazada
por el silencioso mar gigante.

Aparecían preguntas
que no podía contener,
incertidumbres profundas
que hacían eco en su ser:

"¿De qué se trata la vida?,
¿tiene algo sentido?,
si todo lo he logrado,
¿por qué siento este vacío?".

El tiempo siguió pasando,
el malestar se agudizaba,
desconcertada siguió la gota
sin comprender qué le pasaba.

Ya nada la satisfacía,
sus logros no tenían sabor,
y aunque el mundo la aplaudiera
en la soledad le acechaba el dolor.

Estaba sin esperanzas,
salidas no podía ver,
hasta que la vida le dio un regalo
que la hizo enmudecer.

Caminaba por la calle
y sin querer tropezó
con otra gota que pasaba
a la que apenas vio.

Entonces se disculpó:
-Perdón, iba distraída,
-y la otra gota le respondió-.
-Así has vivido tu vida.

-¿Qué acaba de decir?
-preguntó la gota de inmediato-.
-Lo que acabas de escuchar,
estás distraída desde hace rato.

-¡Usted!, una gota transparente,
pequeña e insignificante,
¿va a hablarme de la vida a mí,
que soy una gota importante?

-Todas las gotas importantes
padecen el mismo malestar,
por haber crecido tanto
se separaron del mar.

Al escuchar esta frase
la gran gota se congeló,
mientras con voz clara y potente
la pequeña continuó:

-De allí proviene el miedo,
el sentimiento de vacío,
al sentirse ajenas a él
lo convierten en enemigo.

Deja de luchar contra el mar,
verás que eres parte de él,
comienza a mirar tu interior
así lo podrás conocer.

Puedes leer todo sobre el mar,
dedicar tu vida a recorrerlo,
pero sabiendo de qué estas hecha
podrás en esencia conocerlo.

La gran gota quedó muda
nada pudo responder,
lo que aquella gotita dijo
quedó resonando en su ser.

A pesar de la apariencia
de esa gota transparente,
emanaba una confianza
que era realmente imponente.

-¿Soy parte del mar?
-la gran gota preguntó-.
-Lo eres, pero no lo sabes,
-la pequeña respondió-.

Para saberlo debes sentirlo,
no basta con escucharlo,
por mucho que lo repitas
seguirás sin experimentarlo.

Un día desaparecerá la gota
y solo quedará el mar,
entonces te olvidarás de crecer
y no habrá más pesar.

Ese día una gran confianza
en ti comenzará a emerger,
cuando sientas que el mismo mar
está presente en tu ser.

Ese día te darás cuenta
que nunca hubo separación,
que el adentro y el afuera
eran solo una ilusión.

Ese día comprenderás
que al mar siempre estuviste unida,
a partir de ese momento
nunca más te sentirás vacía.

-¿Quién eres? -preguntó la gota-,
que se empezaba a transparentar.
-¿No lo ves?, no soy nadie,
por eso puedo ser el mar.

La fría brisa
su rostro acariciaba
mientras los rayos del sol
lo calentaban.

Los árboles lo acompañaban
compartiendo su calma,
una bebida caliente
templaba su cuerpo y su alma.

Entonces lo desbordó
un sentimiento de gratitud,
mientras sentado en aquella banca
contemplaba a la multitud.

Acababa de comprender
la lección más importante:
solo dentro del Círculo
se puede ser abundante.

CAPÍTULO TRES

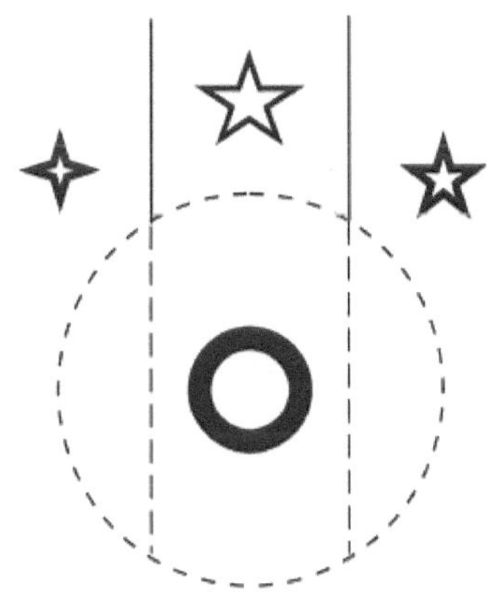

**El Camino
de los Deseos**

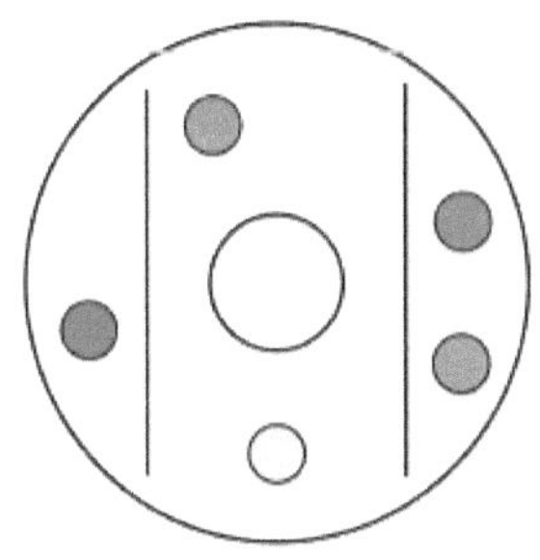

**El Camino
de lo Esencial**

DESEOS	LO ESENCIAL
FUTURO	AHORA
DESEQUILIBRIO	ARMONÍA
CARENCIA	ABUNDANCIA

EL CAMINO DE LOS DESEOS

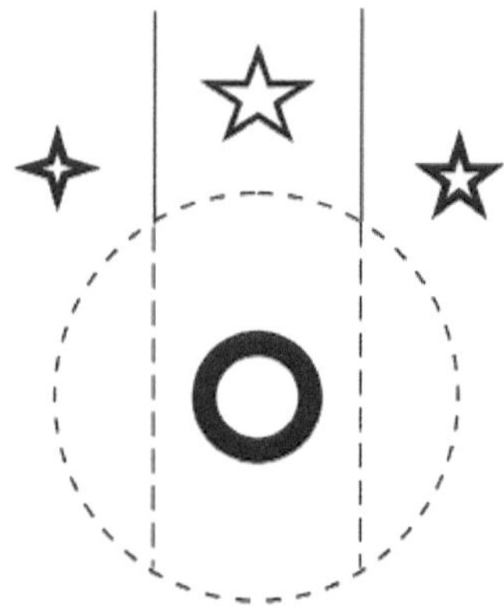

DESEOS

FUTURO

DESEQUILIBRIO

CARENCIA

Las estrellas de la imagen representan los deseos. Ellos son plasmados por la mente en ese camino imaginario el cual ella misma proyecta hacia el futuro. Tanto dicho camino, como las estrellas en él, están marcados con trazos fuertes, mientras el círculo del ahora aparece con líneas punteadas, señalando como cuando el futuro se vuelve real este instante parece una ilusión.

Deseos

Todos tenemos deseos,
es algo muy humano,
la cuestión se complica
cuando se escapan de las manos.

Por eso aquí hablaremos
del deseo como obsesión,
ese que es fuente de ansiedad
y también de frustración.

Ese que vive hambriento,
imposible de llenar,
ese que apenas es cumplido,
solo piensa en recomenzar.

Ese que se mueve
hacia la sed y la carencia,
ese que solo ve el bache
mas nunca la presencia.

Ese que autónomamente
hacia el futuro salta,
alentándonos a ver
solo aquello que nos falta.

Es por eso que al desear
habrás de estar muy atento,
para que la máquina del deseo
no absorba tu pensamiento,

y te haga ir por la vida
en busca de lo siguiente,
caminando cual sonámbulo
por el momento presente.

Futuro

Hay un solo lugar
en el que existe el mañana,
no se encuentra en las galaxias
sino en la mente humana.

Aunque tampoco allí
podrás encontrarlo,
a menos que te detengas
por un momento a crearlo.

El futuro es pensamiento,
una creación de la mente,
en la que cada persona
ve cosas diferentes.

Si bien es excelente
para poder planificar,
se torna peligroso
si en él queremos morar.

Pues deambulando en el mañana
y las proyecciones de la mente,
la vida transcurre
con nosotros ausentes,

y tal vez al despertar,
nos encontremos en la vejez,
aunque entonces soñaremos
con el pasado esta vez.

Por eso aunque algunas metas
sean bellas y seductoras,
no dejes que te desconecten
totalmente del ahora.

Vivir y planificar,
sin perderse en lo planificado,
porque la vida son instantes
y cada uno es sagrado.

Desequilibrio

Imagina que vivieras
a una pantalla conectado
y solo pudieras ver
lo que en ella hay plasmado,

ignorando completamente
lo que sucede a tu alrededor,
solamente pendiente
a lo que dice el monitor.

El desequilibrio aparece
cuando confundes este momento,
con todas las imágenes
que nacen del pensamiento,

olvidando que aquí y ahora
está ocurriendo la vida,
donde está lo que necesitas
para vivir en armonía.

Así postergas el sueño,
el alimento y la recreación,
porque de la pantalla no logras
desviar tu atención,

y olvidas también
el descanso y el afecto,
pendiente del aparato
y su futuro perfecto.

Entonces cada vez
caminas más desnutrido,
perdido en las proyecciones,
el equilibrio has perdido.

Olvidando que el futuro
se encuentra en nuestras manos,
lo construimos en el presente
con cada paso que damos.

Carencia

La carencia es tan solo
un estado de la mente,
que desconoce la abundancia
del momento presente.

Por eso no es algo
que tenga solución,
hasta tanto no cambies
tu propia percepción,

y comiences a mirar
más allá de la carencia,
para ver lo que posees
y aún no tienes consciencia.

Tan solo detente,
párate a observar
si acaso estás vivo
y puedes respirar.

Contempla si hay alguien
con una palabra de aliento,
fíjate si en tu mesa
no falta el alimento.

Cerciórate si el cielo
sigue allí disponible
para que en él pierdas la mirada
y sueñes con lo imposible.

Y cuando veas un árbol
agradece su presencia,
si un pájaro canta
regálale consciencia,

y si un niño te observa
con asombro en su mirada,
deja que él te guíe
hasta su mundo sin mañana.

Porque a ese mundo perteneces
en él has nacido,
el mundo del ahora
del que nunca te has ido.

EL CAMINO DE LO ESENCIAL

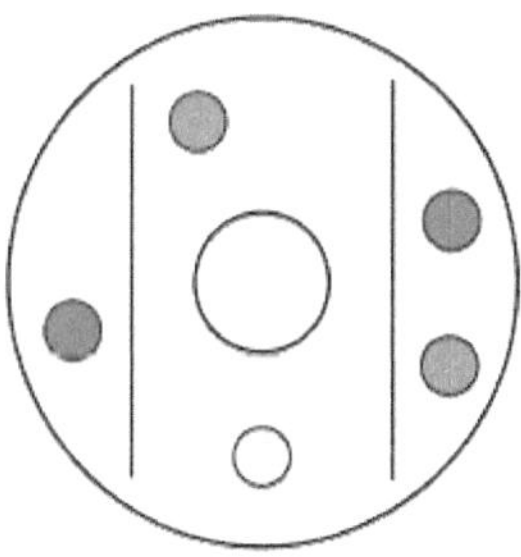

LO ESENCIAL

AHORA

ARMONÍA

ABUNDANCIA

Los círculos pequeños representan lo esencial, esas cosas simples que conforman la vida y están allí al alcance de la mano, dentro del círculo del ahora.

Lo Esencial

Lo esencial es lo más simple
que podemos conocer,
son las pequeñas cosas
que alimentan nuestro ser,

tan discretas, sutiles
e inherentes a nuestra esencia,
que rara vez reparamos
en su silenciosa presencia.

Sin embargo, en lo esencial
está la fuente de la vida,
y ser consciente de ello
es la base de la alegría.

El aire que respiras,
la comida que te alimenta,
el sueño que te repara,
el sol que te calienta.

El agua que te nutre
de refrescante energía,
el silencio que te inunda
de paz y armonía.

El abrazo de un amigo,
una mirada de complicidad,
una hermosa melodía,
un momento de soledad.

Una fogata en la noche
que ilumina chispeante,
un nuevo amanecer
con mil misterios por delante...

Cosas que no son cosas
y acarician tu ser,
cargadas de una energía
que aunque sientas, no puedes ver,

resonando en lo hondo
con su silenciosa canción,
dirigida al oído
de tu corazón.

Ahora

Solo hay un lugar
en el que puedes jugar,
solo hay un lugar
en el que puedes amar.

Solo hay un lugar
en el que puedes reír,
solo hay un lugar
en el que puedes sentir.

Solo hay un lugar
en el que puedes satisfacer
las necesidades más hondas
de tu propio ser.

Porque solo en este lugar
existe la vida,
porque fuera de él
solo está lo que imaginas.

Pero hay una cosa
que deberías saber,
ese sitio no se halla
separado de tu ser.

Él se encuentra allí
donde tú hayas de estar,
él es tu único
y verdadero hogar.

Cuando de él tomas consciencia
la existencia te agasaja,
ya no vas por la vida
mendigando migajas.

Dejas de ser mendigo,
te conviertes en emperador,
reconoces como propio
lo que hay a tu alrededor.

Desde el cielo infinito
hasta las altas palmeras,
desde un pequeño sapo
hasta las vastas praderas.

Desde el mar más azul
hasta el río más revuelto,
desde las gotas de rocío
hasta la caricia del viento.

Solo en este lugar
podrás disfrutar
eso que la vida
te quiere regalar.

Lo único que necesitas
es tomar consciencia,
para notar que en el ahora
eres uno con la existencia.

Armonía

Cuando a la calma
le sigue el movimiento,
y a la quietud
el esparcimiento.

Cuando a la soledad
le sigue la compañía
y regresas a ti mismo
al terminar el día.

Cuando balanceas
sed y saciedad,
cuando la naturaleza
le sigue a la ciudad.

Cuando conoces el momento
de abandonar la meditación,
cuanto tras el recogimiento
das lugar a la recreación.

Entonces tu vida
pasa a ser una sinfonía,
entonces tu ser
existe en armonía.

La armonía es el equilibrio
que nace al ser consciente
de las necesidades de tu ser
en el momento presente.

Por ello podría decirse
que eres un artista,
pues para saber vivir
debes ser un equilibrista.

Tu barra de equilibrio
son las dos polaridades,
en ella está toda la gama
de tus necesidades.

A la izquierda está la quietud
a la derecha el movimiento
y en el centro el equilibrio
en el que te sentirás contento.

A la izquierda está la luz
a la derecha la oscuridad
y en el centro el equilibrio
entre descanso y actividad.

Así te vas balanceando
por la cuerda de la vida,
sabiendo que en el estancamiento
acecha la caída.

Pues detenerte en un extremo
o incluso en el medio,
es la fórmula perfecta
para una caída sin remedio.

Así que no te apegues
a ninguna polaridad,
detrás de bueno y malo
se esconde la fatalidad.

Verás que los opuestos
son complementarios
y el equilibrio entre ellos
para la armonía es necesario.

Porque el perfecto equilibrio
se logra en movimiento,
cuando fluyes totalmente
con lo que requiere el momento.

Abundancia

Enciende una fogata,
siéntate a contemplar
el maravilloso misterio
que frente a ti toma lugar.

Permite a cada llamarada
alcanzar tu centro,
saboréalo, siéntelo,
el fuego es alimento.

Al caminar por la calle
no duermas en tu mente,
¡observa!, ese árbol
te saluda alegremente.

Siente la sensación
que en ti va aflorando,
y déjalo trabajar,
el árbol te está sanando.

En plena madrugada,
mientras lento nace el día,
oye al pájaro cantar,
siente su melodía,

permítele a su canción
embriagarte de calma,
él no canta para ti,
él canta para tu alma.

Frente a un ser amado
olvida las palabras,
deja que tu sensibilidad
a su presencia se abra,

verás como algo mágico
ocurre en tu interior:
su ser te alimenta,
su presencia es amor.

En el silencio de la noche
una puerta encontrarás,
tranquilo, no tengas miedo,
ella conduce a la paz.

Ábrela y zambúllete
en el misterio plenamente,
la paz te recordará
quien tu eres realmente.

Hermano, amigo,
la vida está contigo,
y para llenarte dispone
de cientos de caminos,

pero cualquiera de ellos
exige una condición:
tu plena, absoluta
y amorosa atención.

Cualquiera de ellos
exige consciencia,
para que puedas percibir
su mágica presencia,

despejando las demás veces
que el fuego has mirado,
para así poder verlo,
sin rastro de pasado.

Lo mismo con el ave,
el árbol o el silencio,
sentirlos como nuevos
dejando en blanco el lienzo,

para que en él pueda plasmarse
todo el amor y el cariño,
que la vida tiene para dar
a quien vuelva a hacerse niño.

Precaria fue su niñez...

Precaria fue su niñez
sin más que lo imprescindible,
con eso debió conformarse
pues pedir no era posible.

Allí no había juguetes
ni ropas coloridas,
el énfasis estaba puesto
en el diario plato de comida.

Y aunque bien supo adaptarse
a esa dura realidad,
se prometió que algún día
la tornaría en prosperidad.

Tiempo no perdió
en cumplir esa promesa,
el casi adolescente
dio comienzo a su proeza.

Todo empezó en su barrio,
pequeños trabajos hacía
y cada vecino le pagaba
lo poco que podía.

Al cabo de algunos años
con un capital contaba,
para iniciar el negocio
que hacía tiempo vislumbraba.

Ese joven emprendedor
sabía lo que hacía,
cada centavo que ganaba
en su negocio lo invertía,

haciendo que creciera
a pasos agigantados,
viéndose con sus frutos
rápidamente recompensado.

El joven dio paso al hombre,
quien crecía en su escenario,
de a poco se perfilaba
como un nuevo empresario,

quien ya tenía a su cargo
un buen número de empleados,
pero él no descansó
ante aquel paso dado.

Pues estaba vislumbrando
una gran posibilidad:
la de abrir un nuevo negocio
pero en otra ciudad.

Así mismo lo hizo,
obteniendo gran resultado,
duplicando las ganancias
tal como había esperado.

¡Qué motivado estaba
con el nuevo emprendimiento!,
él abría una puerta
que lo dejaba contento,

la puerta de crecer
más allá de su raíz,
la idea de expandirse
por todo el país.

Pensando cómo avanzar
pasaba noches en vela,
sopesando costos y beneficios
con extrema cautela.

El mismo ritual repetía
en el almuerzo y el desayuno,
pues al comer se aclaraban
sus ideas para el futuro.

Al pasar unos años
la meta estaba lograda:
en cada rincón del país
su empresa estaba instalada,

pero como era de esperar
no le era suficiente,
aunque había logrado el país
aún le faltaba el continente.

Al continente logró llegar
cumpliendo así su misión,
aunque claro que esto sería
apenas otro escalón,

que él habría de pisar
para continuar con su rumbo,
pues su mente ya estaba puesta
en conquistar el mundo.

Aquel pequeño negocio,
que comenzó con lo elemental,
al tiempo terminó siendo
una gran multinacional.

Aquel pequeño niño
nacido en la carencia,
ahora vivía en el lujo,
el confort y la opulencia.

Así las noches en vela
cumplieron su cometido,
ahora podría disfrutar
de los logros obtenidos.

Ahora podría relajarse,
y gozar de su realidad,
esa que construyó
con sacrificio y tenacidad.

Pero por algún extraño motivo
no podía detenerse,
cierta inercia lo arrastraba
obligándolo a moverse,

llevándolo a esa tierra
que le era tan conocida:
el futuro de sus proyecciones
donde vivió toda su vida.

No dejaba de sentir
que en el horizonte le esperaba
ese mágico logro
que él tanto anhelaba,

ese capaz de saciarlo,
de apagar su necesidad,
ese que traería la calma
y se llevaría la ansiedad.

Fue con esta expectativa
que dio su paso letal,
gracias al cual aprendería
que no era inmortal.

Pues se había propuesto
agrandar su campo de acción
y en la bolsa de valores
comenzar a hacer inversión.

Por ello a las acciones
atento el día pasaba,
tanto suba como baja
por igual todo lo afectaba.

Mientras su enorme criatura
seguía pidiendo alimento,
(esa empresa que una vez
lo llenó de contento).

Todo junto fue demasiado
y con justificada razón,
un día dijo basta
su castigado corazón,

que no pudo soportar
aquella carga excesiva,
y cansado de futuro,
ahora ayuda pedía.

De pronto hubo luz,
todo fue claridad,
la pesadez de la vida
se convirtió en liviandad.

No sabía dónde estaba,
no veía a su alrededor,
solo escuchó una voz
hablarle con amor:

-Gracias por tu visita,
te hemos estado esperando,
hay unas cuantas cosas
que nos gustaría irte contando.

En primer lugar,
lo que más precisas oír:
¿dónde estás buscando la vida
si es ahora que has de vivir?

¿Acaso no has aprendido
la lección más importante?,
no hay logro más grande
que saborear cada instante.

Mientras la suave voz hablaba
él oía con atención,
desde un estado placentero
de profunda relajación.

-Lo segundo que debo decirte
es para que tomes consciencia:
¿acaso teniéndolo todo
no seguías en la carencia?

¿Acaso tras lo distante
no ignorabas lo cercano?,
ese mundo de cosas
al alcance de la mano.

Esas que estaban allí
donde estaba tu ser,
y que por mirar tan lejos
eras incapaz de ver.

Esas que no requerían
lograr ninguna fortuna,
esas cosas sencillas
como sentarse a ver la luna,

simples como el amanecer
y la caída del rocío,
sutiles como escuchar
el fluir de un río.

Bellas como tu esencia,
tan fácil de alimentar
con las cosas más pequeñas
que la vida puede dar.

Él continuó escuchando,
vibrando y sintiendo,
mientras al poder de ese mensaje
su ser entero iba abriendo.

-Ahora pon mucha atención
a lo que te voy a decir:
cuando vuelvas a la vida
dependerá de ti elegir,

puedes seguir dormido
y así volver a lo mismo,
sediento dentro del río,
persiguiendo el espejismo,

o puedes volver diferente,
con otro nivel de consciencia
desde el que veas la abundancia
en lugar de la carencia.

Volver bien despierto,
consciente de lo real,
atento a que lo importante
no desplace a lo esencial.

Todo depende de ti,
la oportunidad te ha sido dada,
eres tú quien decide
si será o no honrada.

De pronto sus ojos abrió
muy lenta y suavemente,
que estaba en un hospital
de a poco se hizo consciente.

Se acercó el doctor
para atenderlo enseguida,
le contó que en coma
estuvo cinco días.

Entonces lo asombró
lo relativo del tiempo,
aunque supo que lo absoluto
era sin duda ese momento.

Tras algunos días de reposo
se fue recuperando,
poco a poco las energías
a él iban retornando,

y cuando se sintió pleno
de confianza e inspiración,
se lanzó a su nueva vida
con entusiasmo y pasión.

Había un lugar en el mundo
en el que siempre quiso morar,
uno cubierto de vegetación
y rodeado de mar,

donde la gente era sencilla
al igual que en su infancia,
donde el lujo sobraba
entre tanta extravagancia.

Allí vio amaneceres,
que le quitaron el aliento,
allí el verde y el azul
se volvieron su alimento.

Allí silbó melodías
caminando bajo los pinos,
y cantó mil canciones
junto a sus amigos.

Pero lo más importante
que jamás se le olvida,
es que allí conoció el amor,
el amor por la vida.

El gran día
había llegado,
ese que tanto
había soñado.

Al fin su padre
le cedería
el timón
de la compañía.

Pero él ya no era el mismo
que una vez fue,
y se sentía triste
sin saber por qué.

Sentía que era otro
el motivo de su existencia,
algo en él quería
vivir su propia experiencia.

CAPÍTULO CUATRO

El Camino de la Meta

El Camino del Destino

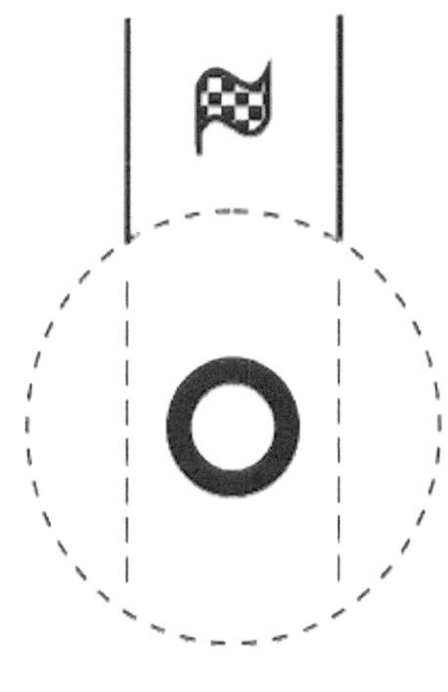

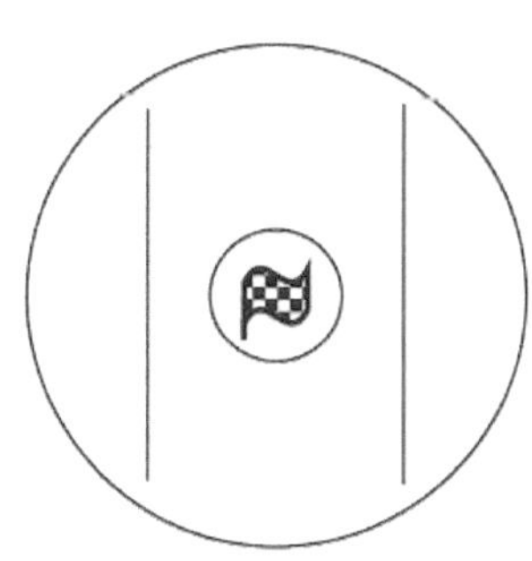

META

DESTINO

RESISTENCIA

RENDICIÓN

NEGATIVIDAD

ACEPTACIÓN

OPRESIÓN

FLORECIMIENTO

EL CAMINO DE LA META

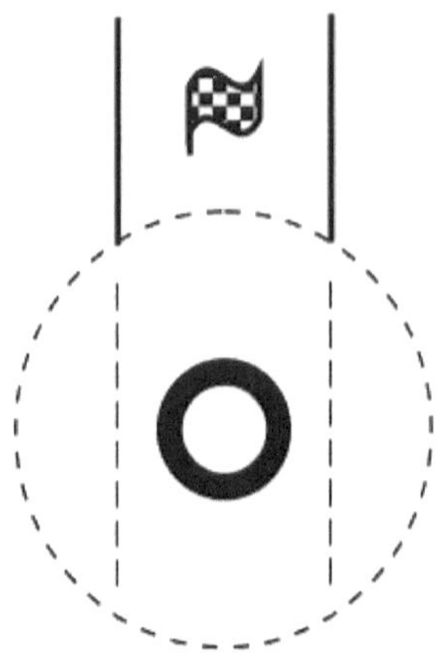

META

RESISTENCIA

NEGATIVIDAD

OPRESIÓN

Esta imagen refleja de qué manera el falso ser se proyecta hacia el futuro en busca de una nueva y más completa identidad.

Meta

Las metas son ilusorias,
tan solo espejismos,
al final de cada llegada
te encontrarás a ti mismo,

ese ser desnudo
a merced de la vida,
con el que todo camino
comienza y termina.

Aunque tal vez durante el viaje
uses ropas diferentes,
te conviertas en rey,
emperador o presidente,

debajo de esa fachada
aún continuará escondida,
la verdadera identidad
que te ha dado la vida.

Por eso en lugar
de luchar por llegar a ser,
descubre quién ya eres,
comienza a florecer.

Pues a menos que lo hagas
vivirás en la frustración,
de vivir para el mañana
sin encontrar satisfacción,

proyectándote al futuro
en busca de solidez,
en lugar de comenzar
por buscarla bajo tus pies;

un pequeño detalle
habrás olvidado:
sobre la meta siempre
estuviste parado.

Mañana nace de hoy,
enfócate en este momento,
verás como de esa forma
construirás buenos cimientos,

los cimientos del Ser
que se entierran en el ahora,
donde la vida es tan plena
que el futuro se evapora.

Donde a cada respiración
tu existencia es completa,
donde a cada pequeño paso
estás llegando a la meta.

Resistencia

La resistencia es un estado
de profunda contracción,
desde el cual te opones
a toda situación.

Ocurre cuando olvidas
tu verdadero ser
y por el ego incompleto
te dejas poseer,

el cual vive siempre
carente y hambriento
buscando alimento
en el próximo momento,

creyendo que en el futuro
la vida está esperando,
rechaza del camino
cada paso que va dando.

Por eso la vida fluye
cuando el verdadero Ser germina
y en unidad con la vida
la resistencia se termina.

Negatividad

Cuando dices no
a tu verdadera identidad
surge desde adentro
la negatividad,

que, aunque parezca derivar
de las situaciones de vida,
de antemano permanece
en las sombras escondida,

en el interior del personaje
en forma de insatisfacción,
acechando agazapada
para hacer erupción.

Así surgen la queja,
la irritación y la ansiedad,
producidas por el falso ser
y su propia negatividad.

Por eso cuando percibas
la vida color gris,
no culpes al entorno
por hacerte infeliz,

detente un momento
a sentir tu presencia,
de tu ser más profundo
vuelve a tomar consciencia.

Entonces notarás
cómo regresa el color,
cuando el ego haces a un lado
todo vuelve a ser amor.

Opresión

La identidad que la sociedad
en ti ha construido,
deberás dejar atrás
para cumplir tu destino.

Pues si a ella siguieras
habrías ignorado
la semilla que en tu interior
la existencia ha guardado,

y andarías por la vida
con ajenos equipajes
dedicados a alimentar
ese falso personaje.

Por eso si sientes
algo en tu pecho oprimirse,
que se encuentra saturado
y desea desvestirse,

quitarse esos ornamentos
que no lo dejan respirar,
hacer a un lado el futuro
para ahora salir a jugar,

no dudes en seguir
esa loca intuición,
deja que el Ser brote,
él es tu liberación.

EL CAMINO DEL DESTINO

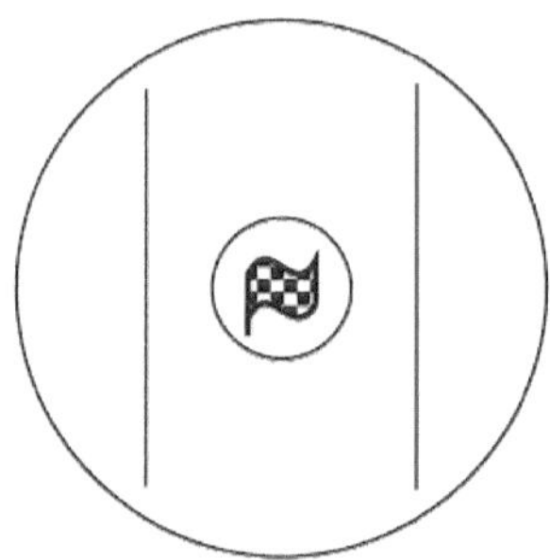

DESTINO

RENDICIÓN

ACEPTACIÓN

FLORECIMIENTO

En esta imagen el Ser se ha encontrado a sí mismo y está listo para cumplir a cada paso su destino.

Destino

Hay un impulso en ti
que conoce tu destino
y está dispuesto a guiarte
a lo largo del camino.

Este impulso no se expresa
con palabras ni pensamientos,
sino con una sensación
que nace de tus cimientos,

indicándote a cada paso
el camino a recorrer,
guiándote con alegría,
entusiasmo y poder.

Mas, cuando su guía ignores
también te lo hará sentir,
retirándose y apagando
el entusiasmo de vivir.

Ese impulso es el Ser,
de tu existencia el motivo,
es en él donde tus frutos
se encuentran escondidos.

Por eso quien se entregue
plenamente a ser quien es,
estará pisando ya la meta
con uno de sus pies.

Porque la llegada es tan solo
una parte más del camino,
quien haya encontrado su ser
habrá encontrado su destino.

Rendición

La rendición ocurre sola,
repentina y espontáneamente,
cuando comprendes la inutilidad
de remar contra corriente.

Ocurre cuando te agotas
de cargar el equipaje,
que otros te cargaron
al inicio del viaje.

Cuando las energías se esfuman
y las metas pierden poder,
cuando dejas de sacrificarte
por "alguien" llegar a ser.

Cuando te cansas de luchar,
de vivir para el mañana,
cuando la promesa de felicidad
se hace cada vez más lejana.

Entonces sueltas el futuro
comprendiendo que está vacío,
y te rindes al ahora
fluyendo con el río,

descubriendo con asombro
la naciente comprensión:
el río siempre supo
cuál era la dirección.

Aceptación

Cuando dejas de luchar
con lo que no puedes cambiar,
comienzas a fluir,
comienzas a aceptar.

Acumulando de esa forma
cada gota de energía,
al no gastarla en negatividad
ni resistencia hacia la vida.

Por eso cada paso
lo das con liviandad,
disfrutando del camino
con total tranquilidad,

avanzando por él
sin peros ni pretensiones,
florecer es un proceso
que toma cuatro estaciones.

Florecimiento

El fruto no es una meta
a la que te propongas llegar,
es él quien llega a tu vida
cuando no lo has de esperar.

Es la dulce recompensa
del que se ha entregado
por completo al camino
y a cada paso dado,

viviendo con la inocencia
del que nada ha de pedir,
agradecido a la vida
por tan solo existir.

Así, sin expectativa
el mañana se va borrando,
en la intensidad del ahora
los frutos se van gestando,

de manera silenciosa,
aún sin dejarse ver,
creciendo momento a momento
en lo más hondo del Ser.

De este modo la energía
fluye hacia este momento,
transformándose en las raíces
que a tu ser dan sustento,

haciendo que las recompensas
dejen de estar lejanas,
encontrándolas aquí y ahora
como en tus épocas más tempranas.

Y agradecido a la vida
por transitar tu camino,
sintiendo que a cada paso
has llegado a destino,

tu ser madura
sin poderse detener,
cuanto mayor es el disfrute
más se acerca a florecer.

Si la vida que llevas...

Si la vida que llevas
te parece poco sencilla,
es porque aún no conoces
la vida de las semillas.

Ellas viven al igual que tú,
en una sociedad organizada,
pero vivir bajo la tierra
torna las cosas complicadas.

Pues allí siempre está oscuro,
la humedad es permanente
y los obstáculos a superar
son realmente recurrentes.

Quizá por todo esto
las semillas eran tan serias,
vivían siempre molestas
maldiciendo sus miserias,

en una queja constante
y una densa negatividad,
(probablemente los efectos
de vivir en la oscuridad).

Pero no todas las semillas
eran igual de apagadas,
las jóvenes eran diferentes
aunque un tanto alocadas,

además, tan ingenuas,
despreocupadas e inocentes,
que apenas reconocían
la hostilidad del ambiente.

Esto generaba conflicto
con las semillas maduras,
que insistían en la importancia
de reforzar su armadura,

de asentarse en la vida
y lograr estabilidad,
de llegar a ser alguien
en esa oscura sociedad.

En esa disyuntiva
se encontraba nuestra amiga,
una joven semilla
que se abría paso en la vida.

Al ver a las semillas adultas
y contemplar su tedio,
sumidas en una forzada
rutina sin remedio,

no podía evitar
sentirse desalentada,
sentía que era otro
el motivo de estar enterrada.

Un día mientras descansaba
tuvo una revelación,
cuando de su interior algo verde
de pronto hizo aparición.

"¿Qué es esta cosa?"
-la semilla se preguntó-.
-Hola, soy tu brote,
-el pequeño respondió-.

Soy eso que has sentido
pulsando desde tu interior,
pero decidí salir hasta aquí
para que puedas oírme mejor.

La semilla quedó deslumbrada
ante el inesperado evento,
pero el brote la interrumpió:
-¡Atenta! Solo tengo un momento.

He salido para decirte
que es inmenso nuestro destino
aunque no se mucho más que tú,
algo en mí conoce el camino,

y me inunda de un sentimiento
de gran valor y poder,
me hace soñar con cosas
que aunque siento, no puedo ver.

Ahora debo entrar
para seguir madurando,
tú eres mi hogar,
gracias por estarme cuidando,

pero vete preparando
para cuando sea el momento,
llegaremos muy alto,
¡estoy seguro!, lo presiento.

El brote se guardó,
la semilla quedó vibrando,
aquel momento de conexión
dejó su cáscara resonando.

No era capaz de contener
el entusiasmo y la emoción,
por eso corrió a contarle
a su padre la situación.

-Papá, no vas a creer
lo que te voy a contar:
un brote nació de mí
y me comenzó a hablar.

Dijo que tenemos
un destino muy importante
aunque desconocía cómo llegar
y lo que venía por delante.

Pero sentí que a pesar de eso
en él podía confiar,
¿alguna vez te ha sucedido
a ti algo similar?

-Más temprano que tarde
las semillas en su vida
conocen a este brote
soñador y suicida.

Él te prometerá hazañas
imposibles de cumplir,
olvidando que es frágil
y fácil de destruir.

¡No escuches a ese brote!,
él no es tu amigo,
¿sabes cuando nazca
lo que sucederá contigo?,

te destruirá totalmente,
guiado por su egoísmo,
creyéndose la gran cosa,
solo pensando en sí mismo.

Te lo digo porque te quiero,
solo deseo protegerte,
quiero que seas feliz
pero debes hacerte fuerte,

no será de fantasías
que te vayas a alimentar,
sino del esfuerzo y el sacrificio
que hoy estés dispuesta a dar.

Pues la vida que te espera
no es para nada sencilla,
la competencia será feroz
en la jungla de semillas,

así que no pierdas tu tiempo
con ese brote soñador,
y prepárate para ser,
de las semillas, la mejor.

La joven quedó en silencio
asimilando la información,
sumida por un momento
en una gran contradicción,

pero ésta no duraría,
pues resultaba evidente
que el argumento de su padre
era el más coherente.

Así que esa misma noche
antes de irse a dormir,
a su brote interior
le comenzó a decir:

-Sé que estás allí
y que puedes escucharme,
así que seré clara
no vuelvas a molestarme.

Dices que tienes fe,
que te sientes poderoso,
¿acaso no te das cuenta?,
¡eres un vanidoso!

Con tu insignificante tamaño
y tu total ingenuidad
no sobrevivirías
en esta oscuridad,

y como si eso fuera poco,
habrás de destruirme,
evitando que en gran semilla
pueda llegar a convertirme.

Así que por favor
deja de crearme ilusiones,
ya tengo una meta,
no me causes distracciones.

El brote que atento oía
quiso salir a contestar,
pero la semilla se resistió
a dejarle asomar.

Pues temía que al salir
la terminara por quebrar,
desde ese día lo contuvo,
no se podía arriesgar.

Con su brote controlado
y su meta definida,
con determinación la semilla
se lanzaría a la vida.

A la vida en sociedad
en busca de reconocimiento,
preparada para sortear
la tierra y sus impedimentos.

El tiempo fue transcurriendo
entre el esfuerzo y las obligaciones,
entre el estrés y la ansiedad,
entre las ganancias y las frustraciones.

Entre las piedras y las raíces,
entre el frío y la humedad,
entre la queja que aumentaba
junto con la negatividad.

Pero estaba convencida
que al final del camino
le esperaba la gloria
que le habían prometido,

y que para ese entonces
comenzaría a disfrutar,
de ser la gran semilla
que tanto supo anhelar.

Pero por algún motivo
eso no estaba sucediendo,
cuanto más se endurecía
más iba sufriendo,

cuanto más se acercaba
a ser esa gran semilla,
más su vida se tornaba
una oscura pesadilla.

Estaba ya cansada
de tan solo existir,
saturada de la batalla
del diario sobrevivir.

Entonces en un instante,
se despejaron sus dudas
al comprender que bajo tierra
no existían las alturas,

y que mientras fuera semilla,
no tendría posibilidad
de conocer la plenitud
ni la felicidad.

De pronto recordó a aquel brote
tan lleno de poder,
ese que soñaba con cosas
que no era capaz de ver.

Aquel que la había llenado
de confianza y energía,
ese que la hizo sentir
como nunca en su vida.

Entonces como un flash,
surgió la comprensión:
"cuidar de aquel brote,
esa era mi misión,

él era la causa
de existir bajo la tierra
e ignorarlo el motivo
de vivir en la miseria,

pues quizá el pequeño
sí sabía lo que decía,
y en verdad tenía la llave
para iniciar una nueva vida".

Así fue que con ahínco
comenzó a llamarlo,
hablándole con ternura
para intentar despertarlo,

meciéndose suavemente
cual si fuera una cuna,
pero el brote no respondió,
no dio señal alguna.

Mas, ella no se rindió
ante el leve percance
y al pequeño siguió arrullando
día y noche sin cansarse,

con la esperanza de que volviera
para transformar su vida
y la llenara una vez más
de confianza y alegría.

Pero por mucho que intentara
eso no iba a suceder,
el brote no aparecía,
no había nada que hacer,

y fue al tomar consciencia
de la dolorosa situación,
que cayó al pozo sin fondo
de una aguda depresión.

Debilitada, rendida,
tan cansada de luchar,
que se dejó caer al abismo
sin resistencia prestar.

Así pasó muchos días
en aislamiento profundo,
sola con su dolor,
sin contacto con el mundo,

sintiendo aquella pena
que rasgaba su ser
y brotaba de algún lugar
sin que nada pudiera hacer.

Pero misteriosamente una noche
el dolor comenzó a cesar,
mientras que una profunda paz
de pronto ocupó su lugar.

Se sintió tan liviana
que comenzó a respirar hondo,
el descenso se detuvo,
había llegado al fondo.

Ya no sabía quién era,
había perdido su identidad,
solo sentía su ser
inmerso en la tranquilidad.

Así permaneció horas
levitando internamente,
aunque al abrir los ojos
las cosas serían diferentes.

A su lado, resquebrajada
una cáscara yacía,
se trataba de la misma
que antes la envolvía.

"¿Cómo puede ser?,
¿qué me ha sucedido?".
¡La semilla en brote
se había convertido!

Fue tanta la energía
que no la pudo contener,
dejó salir un alarido:
¡había vuelto el poder!

Pero el brote no era el mismo
que cuando estaba en cautiverio,
pues había madurado,
se sentía grande en serio,

mas, no solamente grande,
inmenso, con altitud,
lleno de cosas para dar,
cargado de gratitud.

Sin embargo cuando creía
haber llegado a la meta,
justo cuando sentía
su existencia completa,

fue que ocurrió
algo inusual:
comenzó a crecer
de forma descomunal.

Entre las grietas de la tierra
comenzó a abrirse paso,
con la fuerza de un meteoro
que incendiaba su regazo.

Sin preguntarse por qué,
sin saber hacia dónde iba,
solo entregado a esa energía
que de la tierra nacía.

La cual lo impulsaba
a las barreras trascender,
¡las raíces del brote
acababan de nacer!

Al cabo de unos instantes
todo había dejado atrás,
continuaba ascendiendo
como una estrella fugaz,

con la confianza de quien se siente
por la tierra protegido,
con el poder de quien se sabe
al universo unido.

De pronto oyó una voz
saludarlo con alegría,
era una gran raíz
que inmensa se extendía:

-No tengo idea
en qué te convertirás,
pero te diré una cosa,
mucho te sorprenderás,

ni en tus sueños más remotos
serás capaz de imaginarte
la belleza que te espera
solo un poco más adelante.

Ahora disfruta el viaje,
ya no hay nada que hacer,
has despertado,
fluye con tu ser.

De un instante para el otro
el ascenso se detuvo,
el brote en alerta
su respiración contuvo.

Sus ojos estaban
cegados por la velocidad,
solo oía su corazón
latiendo en la oscuridad,

la oscuridad más profunda
que jamás supo conocer,
como la que alcanza la noche
justo antes del amanecer.

De pronto una grieta,
una intensa luz brillante,
a los pocos segundos
un celeste gigante,

tras esto un aire puro
comenzó a respirar,
el aire más fresco
que jamás pudo soñar.

Armoniosos cantos
de animales voladores,
formas aromáticas
de intensos colores.

Miles de pequeños seres,
que en masa transitaban
por una inmensa alfombra verde
que todo lo abarcaba.

Y las lágrimas brotaron
de la profunda alegría,
por el regalo que la vida
tras la tierra le escondía.

Se sentía muy distinto,
se sentía transformado,
aquel brote en tallo
sin saberlo había mutado.

El tiempo fue transcurriendo,
poco a poco el tallo crecía,
tres centímetros sobre el suelo,
diminuto se erguía.

Más, su sombra ofrecía
a los insectos que pasaban
y ellos entre risas
bajo sus dos hojas descansaban.

Hasta que un día por su lado
dos gusanos pasarían,
quienes la verdad a la cara
sin reparos le escupirían.

-Buenos días amigos
el sol está abrazador,
suerte hallaron este árbol
para un descanso reparador.

-Y ¿dónde está ese árbol
que no lo podemos ver?,
solo vemos un arbusto
que el paso ha de entorpecer.

Un arbusto diminuto
que se cree la gran cosa,
nos recuerdas a esos gusanos
que sueñan con mariposas.

-Mejor no pierdan su tiempo
y comiencen a sentir,
la mariposa que llevan dentro
les tiene algo que decir,

pues ellas como los árboles
no son una utopía,
si uno realmente está preparado
para entregarse a la vida.

Los gusanos quedaron mudos,
no tuvieron que decir
y se marcharon digiriendo
lo que acababan de oír.

Los días fueron pasando
entre el disfrute y la alegría,
cada centímetro que crecía
el tallo se sorprendía.

No dejaba de asombrarse
de la vida y su generosidad,
que no paraba de regalarle
alegría y felicidad.

El tallo dio paso a la planta,
la planta al árbol pequeño,
mientras su ser flotaba
como si estuviera en un sueño.

Su vida se había vuelto
tremendamente gozosa,
a diario lo visitaban
pájaros y mariposas.

Cada mañana despertaba
con la caricia del rocío,
que luego el sol secaba
para que no le diera frío,

y en los días de calor
la lluvia lo bañaba,
refrescándolo y dejando
sus hojas inmaculadas.

Las personas lo visitaban
contemplando su majestuosidad,
los niños lo trepaban
masajeándolo con suavidad.

¿Acaso era eso posible
o estaba soñando?,
cada día que pasaba
se seguía maravillando.

Entonces comenzó a notar
algo que aún no sabía:
cuanto más disfrutaba
tanto más rápido crecía,

y cuanta más gratitud
sentía por existir,
más bendiciones
había de recibir.

Aunque una maravilla
le faltaba por conocer,
una sorpresa que la vida
guardaba oculta en su ser.

Una mañana al despertarse
zumbidos comenzó a escuchar,
era el de las abejas
que lo venían a visitar.

"Qué extraño" -pensó el árbol-,
que no estaba acostumbrado,
mientras despertaba lentamente
del descanso tomado.

Pero no estaba preparado
para lo que iba a venir,
su respiración se detuvo
de la emoción al descubrir,

que sus ramas estaban
repletas de flores
y de grandes frutos
de intensos colores.

Flores que lo adornaban
con su aroma y esplendor,
impregnando el ambiente
de calidez y amor,

frutos que emanaban
de su mismísimo ser,
producto de la dicha interna
que ahora se dejaba ver.

Entonces recordó a ese brote,
aquel que un día fue,
ese que se sentía tan grande
sin saber bien por qué,

y comprendió que aún hoy
no se sentía tan diferente,
que en algún lugar de él
vivía aquel brote tan potente.

Pero lo más maravilloso
de lo que se pudo percatar,
fue que escondido tras el brote
¡el árbol siempre supo estar!

Cada vez que veas un árbol
dale las gracias por existir,
recuerda que ese gigante
dentro de una cáscara supo vivir.

Agradece la travesía,
de aquel brote tan pequeño
que se lanzó a la oscuridad,
sin más que el latido de un sueño.

Dile gracias en silencio
por haberte enseñado
que detrás de lo más frágil
se esconde lo más pesado,

que detrás de la inocencia
se esconde el verdadero poder,
ese que surge de la fuente
que la astucia no puede ver.

Dale gracias por sus frutos,
por su sombra reparadora,
por enseñarte que disfrutando
las flores llegan solas.

Pero sobre todo dile gracias
por enseñarte el camino,
recordándote que en tu ser,
albergas tu destino.

Su nombre le sonaba ajeno,
tan ajeno como su historia,
comenzaba a creer que algo
andaba mal con su memoria.

Las ideas sobre sí mismo
se habían distorsionado,
parecía como si hubiera
muerto su pasado.

Pero en su lugar sintió
que algo renacía,
una intensa frescura
que de vida lo envolvía.

Entonces pudo comprender
lo que había ocurrido:
del pasado al ahora
su identidad se había movido.

CAPÍTULO CINCO

El Camino de la Cáscara

El Camino del Ser

CÁSCARA

SER

IDENTIFICACIÓN

MEDITACIÓN

PERSONAJE

COMPRENSIÓN

CONDICIONAMIENTO

LIBERTAD

EL CAMINO DE LA CÁSCARA

CÁSCARA

IDENTIFICACIÓN

PERSONAJE

CONDICIONAMIENTO

Esta imagen representa a la cáscara. Llamamos cáscara a la forma (cuerpo - mente) que rodea la esencia.

Cáscara

La cáscara es la superficie
de nuestro ser más profundo,
es el cuerpo y la mente
en contacto con el mundo.

Se trata de la forma
que contiene la esencia,
donde habitan nuestros nombres
y nuestra apariencia,

los cuales cambian
permanentemente,
cual si se trataran
de piel de serpiente.

De niño a joven,
de adulto a viejo,
no te reconoces
en el espejo.

Muy rápidamente
la cáscara muta,
ella nunca descansa
el cambio es su ruta.

De estudiante a trabajador
de pronto, desempleado,
pestañeas y al darte cuenta
te conviertes en jubilado.

Todo ha de moverse
en la superficie de tu ser,
como olas que nacen
y luego han de romper.

La cáscara es cambiante,
no hay problema en ello,
más si es todo lo que conoces
te perderás lo más bello.

Identificación

Un mar que ignora
su propia profundidad,
buscará en la superficie
su identidad,

y sus estados fluctuarán
acorde al comportamiento
de su capa más externa
siempre a merced del viento.

Entonces vivirá
pendiente de la apariencia,
porque de la inmensidad de su ser
aún no tiene consciencia.

Quien busque en la superficie
su ser verdadero,
confundirá lo eterno
con lo pasajero.

Personaje

¿Qué es lo que sucede
cuando el actor de sí se olvida
y el personaje que interpreta
comienza a tomar vida,

olvidando que no es real,
sino apenas una representación
y que todo lo que le ocurre
es parte de una ficción?

¿Qué es lo que sucede
cuando el actor ha olvidado
que la historia es un juego
que alguien ha inventado,

y se aferra al personaje
para intentar sobrevivir,
apegándose al guion
que tanto lo hace sufrir?;

atrapado en una trama
de la que desearía escapar,
ignorando que podría hacerlo
con tan solo despertar.

Un personaje soñando,
eso es el ego,
hasta que el actor despierte
y se termine el juego.

Condicionamiento

Mira a tu alrededor,
verás mil limitaciones,
cosas que no deseas
imponiéndote condiciones.

Pero si quieres conocer
la fuente del condicionamiento,
deja de buscarla afuera,
en realidad, la llevas dentro.

Condicionar quiere decir subordinar,
limitar,
restringir,
coartar.

Hay algo en ti
a lo que estás subordinado,
un jefe invisible
al que nunca has cuestionado.

Él coarta tu libertad
restringiendo tus posibilidades,
limitando tus acciones
acorde a sus necesidades.

Astuto e inteligente,
jamás se deja ver,
su camuflaje es perfecto,
se disfraza de tu ser,

y en piloto automático
de manera inconsciente,
repite cual sonámbulo
la programación de tu mente.

Eres más que un actor
atrapado en una historia,
libérate del guion
archivado en tu memoria.

EL CAMINO DEL SER

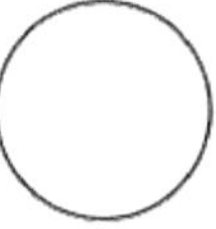

SER

MEDITACIÓN

COMPRENSIÓN

LIBERTAD

El espacio en blanco de la hoja representa al Todo, ese vasto espacio que habita en las galaxias y más allá de ellas. El Ser es ese mismo espacio contenido dentro de un cuerpo físico (circunferencia), en la que éste se manifiesta temporalmente hasta el momento que la forma se disuelve y vuelve a diluirse en su propia fuente, de la que nunca ha estado separado.

Ser

El Ser es puro,
no tiene edad,
no tiene raza
ni nacionalidad.

No tiene forma
ni decorado,
no tiene futuro,
tampoco pasado.

No es un objeto
ni un pensamiento,
es algo que ocurre
momento a momento,

de manera sutil
vibrando en lo hondo,
siempre latente
cual telón de fondo;

detrás de la superficie
y de las apariencias,
el Ser es la vida
en su más pura esencia.

Vida que en silencio
has de compartir
con cada ser vivo
que ha de existir.

Vida que no cambia
con el tiempo ni la vejez,
fluyendo siempre fresca
como la primera vez.

Vida que no muta
con los sucesos del mundo,
sin aumentar ni disminuir,
constante en lo profundo.

Es el espacio eterno
al que no afecta la suerte,
es la consciencia que no muere
ni con la propia muerte.

Se trata del misterio
más grande de la existencia,
solo puedes sentirlo
al tomar de ti consciencia.

Meditación

Estás atrapado
en la superficie de tu mar,
allí el movimiento
te comienza a marear.

Toma una bocanada
ármate de valor,
zambúllete con confianza
en tu mundo interior.

Deja que la superficie
siga en movimiento,
ve más allá
de ella y del pensamiento.

Entonces conocerás
algo diferente,
una dimensión
profunda y envolvente,

amplia, silenciosa,
armoniosa, tranquila,
llena de esencia,
llena de vida.

Así, de la superficie
empiezas a alejarte,
sientes que la paz
comienza a rodearte,

atrás va quedando
el ruido del mundo,
sientes que algo
te llama a lo profundo.

De pronto te fundes
con la inmensidad,
de pronto se expande
tu identidad,

de pronto en lo oscuro
empiezas a ver,
comienzan a abrirse
los ojos del Ser,

que lleno de amor
se siente despertar,
has llegado a tu templo,
has llegado a tu hogar.

Comprensión

Necesario resulta
viajar hacia adentro,
desde la superficie
hacia el centro,

para así contemplar
desde el núcleo la periferia,
atravesando sin esfuerzo
con los ojos la materia.

Pues solo quien conozca
su esencia silenciosa,
podrá reconocerla
oculta tras las cosas,

tornando las situaciones
simples, transparentes,
al verlas desde el Ser
y su mágico lente.

Sintiendo al hacerlo
la profunda expansión,
del Ser que se reconoce,
eso es la comprensión.

Libertad

Has descubierto
ese espacio de libertad
donde descansa latente
toda posibilidad.

Esa dimensión
libre de condiciones,
libre de mandatos
y de guiones.

Ese lugar en ti
inaccesible para el mundo,
ese centro imperturbable
de silencio profundo,

en el que puedes recordar
tu verdadera identidad,
en el que tu ser descansa
en plena libertad.

Esta es la historia...

Esta es la historia
de una cáscara de huevo
quien se creyó más importante
que el mismísimo polluelo,

la cual nos enseñará
una importante lección,
esa que sigue
a continuación.

Había una vez un huevo
con un feto en su interior,
allí adentro él se gestaba
rodeado de paz y calor.

La cáscara era su hogar,
su dureza lo protegía,
en contacto con el exterior
éste no sobreviviría.

Así la vida se gestaba,
cumpliendo su función,
en calma y armonía,
una unidad en interacción.

Pero de a poco las cosas
empezarían a complicarse,
la cáscara que aún dormía
comenzaba a despertarse,

y reflejada en un metal
de aquel viejo granero,
por primera vez se vio:
"¡Soy una cáscara de huevo!".

Y fue tras este hallazgo
que surgió la separación:
cuando la cáscara de repente
comenzó a usar la razón.

Así apareció el futuro
y con él la inseguridad,
"¿cómo podré sobrevivir
si soy pura fragilidad?".

Le preguntó a la gallina
que en su nido empollaba,
cómo endurecerse
y evitar ser quebrada.

Entonces ella le dijo
con ternura y compasión:
-romperte en el momento justo,
ahí se esconde tu misión.

La cáscara no entendió
lo que la gallina decía,
pues ella no sabía
lo que su interior escondía,

su rol era estar afuera,
en contacto con el mundo,
sus sentidos percibían el entorno
pero no alcanzaban lo profundo.

Con ellos percibía
un mundo de amenazas,
repleto de duros objetos
que amenazaban su coraza.

Por eso ignoraba
que su verdadero cometido
era el de mantener
a su polluelo protegido,

brindándole cuidado,
pendiente de arroparle,
estando siempre atenta
a que nada fuera a faltarle.

Pero ¡vaya paradoja!
la situación era la inversa,
sin saberlo a su huésped
trataba en forma perversa.

Cuidando de sí misma
perdía al polluelo de vista,
su ignorancia la convertía
en una cáscara egoísta.

El tiempo fue pasando
con la cáscara empecinada
en lograr endurecerse
para evitar ser quebrada.

En esa ardua misión
pasaba días enteros,
engrosando y puliendo
su armadura con esmero.

Pero había una cosa
que ella no sabía:
no solo se engrosaba,
también se contraía.

Pues, sus densas paredes
no crecían hacia el exterior,
lo hacían hacia adentro
causando al polluelo dolor,

quien aún estando dormido
tenía esa sensación
de progresiva asfixia
y de opresión.

Era una clara mañana,
el sol brillante asomaba,
por las rendijas del techo
en el granero se filtraba.

Poco a poco los animales
despertaban dulcemente
con aquella cálida luz
que inundaba el ambiente.

De pronto una visita
se acercó al nido,
se trataba de un pollo,
pequeño, recién nacido.

Quien con solo ver al huevo
intuyó lo que sucedía,
pudiendo percibir
en su interior la agonía.

Así que habló con la cáscara
intentando no asustarla,
(aunque liberar al polluelo
era el motivo de su charla).

-Señora, tan solo he venido
para decirle una cosa:
la vida no es una guerra,
en realidad, es hermosa,

pero se vuelve pesada
cuando se vive para el futuro,
el miedo es tan intenso
que ningún lugar es seguro.

Sin embargo, aquí y ahora,
¿cuál es la verdadera amenaza?,
si en el nido está protegida,
¿para qué una gran coraza?

Respire un momento
relaje las tensiones,
confíe en la vida,
todo tiene sus razones,

verá que en este instante
solo hallará paz,
olvídese del mañana
y no sufrirá más.

El pollo se fue,
la cáscara respiró,
en una profunda exhalación
toda su angustia soltó.

Tanta fue la relajación
que se durmió en un segundo,
olvidando por completo
las amenazas y el mundo.

Y en esa distención
carente de ansiedad,
rápidamente comenzó
a perder densidad.

Súbitamente su coraza
se hacía más y más delgada,
con gran velocidad
sus paredes se afinaban.

Mientras tanto el polluelo,
respiró aliviado
al dejar de estar
incómodo y apretado,

a la vez que su cuerpo
con velocidad crecía
aprovechando el espacio
que la cáscara cedía.

El gallo cantó
su canción potente,
la cáscara despertó
casi inmediatamente.

Un día entero
ella había dormido,
sin siquiera haberse
movido del nido.

Abrió los ojos,
sintió algo diferente,
de su interior emanaba
un calor potente,

pero esa no sería
la única novedad
lo que más la asustó
fue su gran fragilidad.

Así que de inmediato
retomó el reforzamiento,
aunque con él volvería
el dolor y el sufrimiento,

esta vez más agudos
de lo que jamás habían sido,
pues la cáscara pujaba
contra el polluelo crecido.

Tal vez por eso sentía
que más le costaba engrosarse,
tal vez por eso el polluelo
más comenzaba a asfixiarse.

Mientras tanto el pollo
que al lado vivía
una vez más
intuyó lo que sucedía,

y se acercó a hablar
con la cáscara nuevamente,
pero ésta no lo recibió
muy amigablemente.

-¿Qué es lo que haces aquí?,
¿cómo te atreves a regresar?,
tú y tu charlatanería
casi me logran quebrar.

-Señora, de eso se trata:
quebrarse es su misión,
para dar lugar a la vida
que hay detrás del cascarón.

Esa vida es el motivo,
su razón de existir,
mientras más usted la ignore
tanto más habrá de sufrir.

-¿Qué tonterías dices?,
¿una vida en mi interior?,
yo soy lo que ves,
no me engañes por favor.

El pollo se marchó
sin decir más palabras,
la cáscara estaba cerrada,
negada a escucharlas.

Pero esa misma noche
mientras ella dormía,
una vez más
al nido se acercaría.

Movido por un profundo
sentimiento de compasión,
él también fue un polluelo
preso en un cascarón.

Sigilosamente se paró
en el borde del nido
y sin palabras le habló
al polluelo dormido.

Así es, sin palabras,
sin nada que entender,
los polluelos solo comprenden
sintiendo de ser a ser.

Ese es su lenguaje,
el lenguaje de la vida,
que no habla con sonidos
sino con energía.

Así que por esta vez
hagamos una excepción,
esta sería la charla
si tuviera traducción:

-Hermano estás dormido,
aún no conoces tu ser,
es por eso que ignoras
que en ti está el poder.

Tú no eres la cáscara,
que sufre ansiedad,
tú eres la vida,
en ti está la libertad,

por eso cuando despiertes
se acabará este juego,
al comprender que tú
eres la verdad del huevo,

entonces las ilusiones
se pondrán en su lugar,
entonces la cáscara
dejará de dominar.

Recuerda que no hay motivo
para guardarle rencor,
tú fuiste cómplice
al apoyar su error,

mas, ahora has madurado,
ya puedes elegir,
si seguir allí preso
o fuera de ella vivir.

Ya cumplí mi tarea
esa que un día cumplirás,
ayudando a despertar
del sueño a alguien más,

brindándote como yo
te brindé mi presencia,
para que a través de mi ser,
del tuyo tomaras consciencia.

Ahora dependerá de ti
el mantenerte despierto
o elegir seguir dormido
en el dolor y el sufrimiento.

-Dijo esto y se retiró-,
mientras dentro del cascarón
comenzó a desatarse
una gran revolución.

Algo en su interior
erupción hacía,
algo se energizaba
y se encendía,

con un fuego tan intenso
que la cáscara hizo arder
¡finalmente el polluelo
acababa de nacer!

Pasaron las horas,
pasaron los días,
mientras un pequeño
el granero recorría.

Inocente, dulce,
sereno, vulnerable,
hablando con las cáscaras
de manera siempre amable,

evitando aparentar
ser otra amenaza,
evitando alarmar
a sus asustadas corazas,

y así poder comunicarse
con los polluelos en su interior,
recordándoles su verdad
con compasión y amor.

Polluelos que al nacer
también recorrerán los nidos,
despertando con su ser
a sus hermanos dormidos.

Se sentía inspirado,
se sentía creativo,
aún no entendía
lo que le había ocurrido.

Todo lo hacía
sin esfuerzo, con belleza,
de la misma manera
que actúa la naturaleza.

Se sentía cada vez
más puro y natural,
como si en él hubiera muerto
una parte artificial,

esa que lo mantenía
fuera de sintonía,
peleando y batallando
contra la propia vida.

Por eso, ya no avanzaba
a fuerza de resistencia,
su ser era guiado
por una nueva inteligencia.

CAPÍTULO SEIS

El Camino del Intelecto

El Camino de la Inteligencia

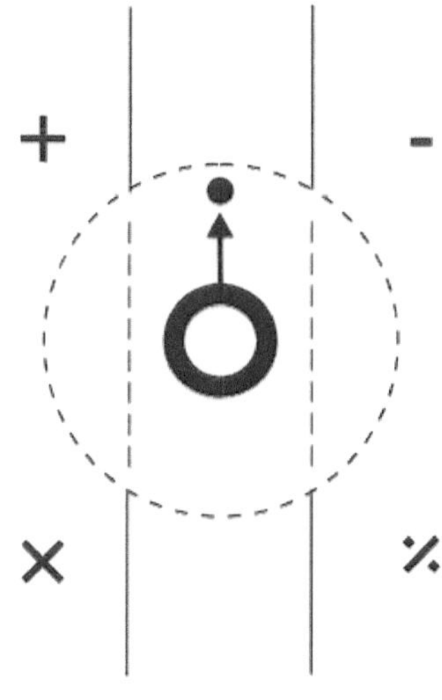

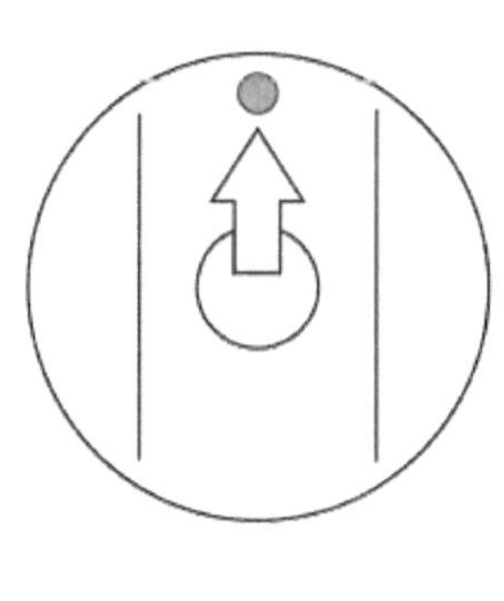

INTELECTO

INTELIGENCIA

PENSAMIENTO

FLUIR

ESFUERZO

INSPIRACIÓN

PRODUCTIVIDAD

CREATIVIDAD

EL CAMINO DEL INTELECTO

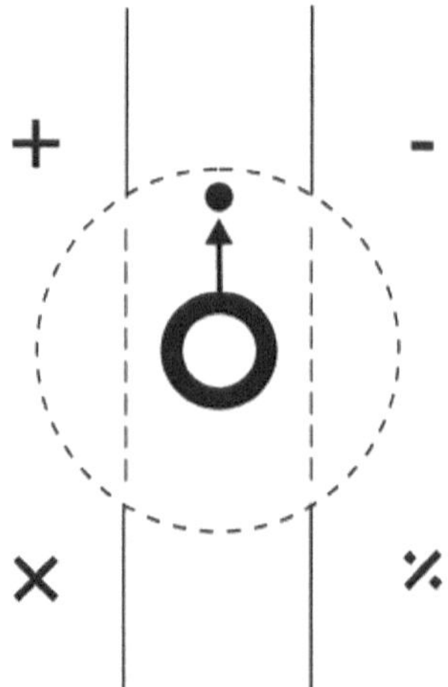

INTELECTO

PENSAMIENTO

ESFUERZO

PRODUCTIVIDAD

En esta imagen vemos cómo una situación (representada por el punto) ingresa al campo del ahora, y cómo el intelecto antes de responder a ella recurre a su conocimiento almacenado del pasado, a la vez que proyecta un resultado futuro con el fin de controlar esa acción.

Intelecto

El intelecto es una máquina
como un ordenador,
y a pesar de ser humano
llevas uno en tu interior.

Él tiene la capacidad
de acceder a nuestra mente
y proyectarse más allá
del momento presente,

procesando así,
el conocimiento acumulado
para responder al presente
en función del pasado;

y de la misma forma
proyectarse al futuro
previendo amenazas
para sentirse seguro.

Pues importante es la función
que justifica su existencia:
encargarse ni más ni menos
que de nuestra supervivencia.

Pero, ¿qué es lo que sucede
cuando la máquina se descontrola
y sin que tú se lo ordenes
comienza a funcionar sola?

¿Qué es lo que ocurre
cuando su instinto de supervivencia
se enciende automáticamente
sin que de ello tengas consciencia?

Cuando esto acontece
su lógica y razonamiento
comienzan a moverse
hacia el lugar incorrecto,

y en lugar de trabajar
para crear soluciones
lo hace generando
miedos y preocupaciones.

Por eso al usarla
habrás de estar atento
para apagarla una vez
haya llegado el momento,

o intentando crear
una vida segura,
le quitará a ésta
todo atisbo de aventura.

El intelecto está allí
facilitando tu existencia,
pero solo funciona bien
si lo utilizas con consciencia.

Pensamiento

El pensamiento es el vehículo
de nuestra maravillosa mente,
que le permite proyectarse
fuera del momento presente.

Así, el ser humano
tiene el don de viajar
al lugar que desee
sin necesidad de caminar.

Pero, ¿qué sucedería
si esta increíble herramienta,
cayera en manos de la máquina
de control hambrienta,

e intentando adelantarse
con urgencia a lo siguiente,
olvidara poco a poco
el instante presente?

La vida es como un río
en permanente fluir,
cada momento es nuevo,
imposible de predecir,

cada palmo es único,
cada curva es diferente,
para acertar no hay más
que adaptarse a la corriente.

En él las estrategias
no han de servir,
a menos que en estanque
se lo haya de convertir.

Así todo estará calculado
y muerto al mismo tiempo,
al río de la vida matas
al matar lo incierto.

Por eso ten cuidado
con el pensar compulsivo,
hacer del río un estanque
su esfuerzo va dirigido.

Esfuerzo

Existe una fuerza
que moldea el universo
con enorme poder
y sin ningún esfuerzo.

Una inteligencia
latente, silenciosa,
cuyos hilos invisibles
unen todas las cosas,

moviéndolas dulcemente
con su potente motor,
haciéndolas coincidir
con armonía y amor.

Cada vez que olvidas
que en un todo estás inmerso
comienzas a trabajar
con tu propio esfuerzo,

entonces sentirás
que nadas contra corriente,
pues sin haberlo notado
te has aislado de la fuente.

Has cortado los hilos,
has olvidado el motor,
ahora das cada paso
con sacrificio y sudor,

intentando controlar
la vida en vano,
luchando por moldearla
con tus propias manos.

Por eso cuando sientas
que la vida es una mochila,
o acaso que el camino
se te hace cuesta arriba,

recuerda que estás a tiempo
de elevarte sobre el lodo,
vuelve a tomar consciencia
de tu parte en el Todo.

Productividad

Por las máquinas del intelecto
la sociedad está regida
y en su falta de humanidad
se encuentra sumida.

La dureza es admirada,
la astucia aplaudida,
la seriedad respetada,
la violencia admitida.

Mas, la sensibilidad es blandura,
la inocencia ingenuidad,
la amabilidad complacencia
y la dulzura debilidad.

Pues en un mundo de máquinas
sus valores han de regir,
cualquier valor es venerado
mientras haya de producir.

Siempre tras el mañana
donde la promesa habita,
ignoramos la vida
que nada necesita,

enceguecidos por la meta,
apurados por llegar,
hemos olvidado
bajo nuestros pies buscar.

Es posible que en la meta
ahora estemos parados,
será mejor fijarse ahora,
antes que el viaje haya terminado.

EL CAMINO DE LA INTELIGENCIA

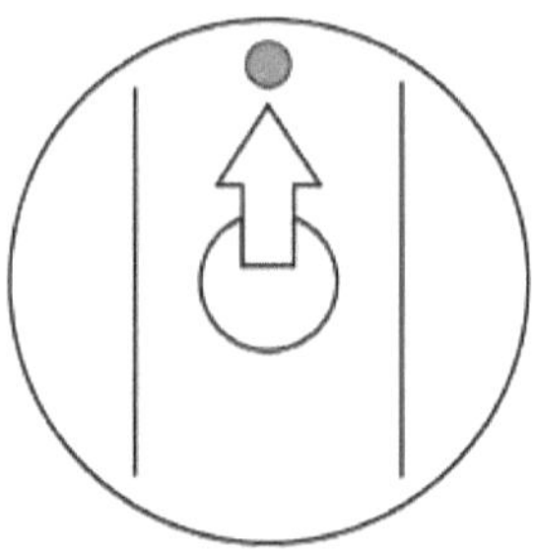

INTELIGENCIA

FLUIR

INSPIRACIÓN

CREATIVIDAD

En esta imagen vemos cómo el Ser da la bienvenida a la situación que ingresa dentro de su campo de experiencia, agasajándola con toda su atención. Permitiendo así que de este espacio de alerta pura, surja una respuesta fresca y nueva que se adapte plenamente a la singularidad de ese instante único e irrepetible.

Inteligencia

En este preciso instante
todo está ocurriendo,
los pájaros están cantando,
los niños están riendo.

En este preciso instante
la vida se está expresando
a través del sol que brilla
y de los planetas girando.

Aquí y ahora,
en este mismo momento,
la sangre por tus venas
está en movimiento,

tu corazón está latiendo,
tus pulmones respirando,
tus uñas creciendo
sin que en ello estés pensando.

Pues la vida se manifiesta
sencilla y espontáneamente
a través de la inteligencia
del momento presente.

Por eso inteligente
te habrás de volver,
cuando por el ahora
te dejes envolver,

simplemente alerta,
sintiendo tu presencia,
pues en ella también
habita la inteligencia.

Porque tú eres parte
de esta existencia infinita,
cada vez que lo sientes,
a la inteligencia invitas.

Fluir

Fluir es disolverse,
en el ahora diluirse,
es dejar de ser persona,
en presencia convertirse.

Es soltar los conceptos,
las ideas adquiridas,
apreciando la frescura
con la que fluye la vida.

De pronto lo comprendes:
¡este instante es nuevo!,
el ahora en realidad
es un gran campo de juego,

en el que puedes soltarte,
disfrutar la aventura,
confiando en la inteligencia
que no precisa armaduras,

aceptando la ignorancia
de no saber qué hacer,
permaneciendo vacío
para poder responder.

Porque fluir es simplemente
un estado de consciencia,
donde tú haces silencio
para que hable la inteligencia.

Inspiración

Fluyendo con la vida
momento a momento
comienza a haber espacio
donde había pensamiento,

y en ese soltar,
en esa expansión,
en ese silencio
surge la inspiración.

Inspirar es inhalar,
invitar al afuera a entrar,
convertirse en un recipiente
donde lo etéreo pueda morar.

Donde pueda fluir
resonando hacia adentro,
entre el micro y el macrocosmos
te encuentras en tu templo.

En el templo sin paredes
donde habita el creador,
que al oído te susurra
para a través de ti dar flor.

Creatividad

Todo cuanto existe
de la nada ha surgido,
antes de su existencia
su lugar estaba vacío.

Tú eres un recipiente
hueco en su interior,
al descubrir ese vacío
surge en ti el creador.

Pero aquí está la paradoja
difícil de entender:
cuando el creador nace,
tú has de desaparecer.

Cuando el vacío vibra
se expande de repente,
cual granos de arena
se desmorona el recipiente.

Entonces ya no existe
adentro ni afuera,
solo queda espacio,
libre, sin fronteras.

En el vacío te abres
a todas las posibilidades,
al creador el universo
le presta las llaves.

Solo debes girarlas,
limitarte a presenciar
el misterio de la creación
que a través de ti toma lugar.

Luego de que la obra
por fin haya ocurrido,
el misterioso portal
se habrá desvanecido,

y volverás a ser mortal
cuando el envase reaparezca,
aunque la fragancia de esa flor
en tus manos permanezca.

El mundo ya no era el mismo...

El mundo ya no era el mismo,
había evolucionado,
una pequeña máquina
todo lo había cambiado.

Pequeña, diminuta,
pero con enorme poderío,
disimulada la portaban
detrás del oído.

Así de maravilloso
era este mini ordenador,
que potenciaba el intelecto
con cero margen de error,

tornando a aquella sociedad
sumamente productiva,
cambiando para siempre
los patrones de vida.

Pero más allá de las bondades
de este potente aparato,
y de que cualquiera podía
acceder a él de inmediato,

aún quedaban personas
a las que no les atraía,
que una máquina influyera
de tal forma en su vida.

Tal era el caso de ella,
una joven mujer,
quien demasiadas ambiciones
no había de tener,

se sentía contenta
con la vida que llevaba,
a pesar de ser sencilla
en ella nada faltaba.

Allí estaban sus afectos,
la comida en su mesa,
la pasión por los libros
y por la naturaleza,

un trabajo sencillo
en la cafetería,
y mucho tiempo libre
para disfrutar el día.

"No será demasiado
pero es suficiente",
-solía repetirse
frecuentemente-,

cada vez que la gente
a su alrededor,
ante su forma de vida
demostrara pavor.

Cuestionando su pasividad,
criticando su conformismo,
incrédulos de que el mañana
pudiera darle lo mismo.

Pero ella era joven,
solo quería vivir,
y hacía oídos sordos
a lo que pudieran decir.

Algunos años pasaron,
las cosas siguieron su rumbo,
ella aún continuaba
inmersa en su propio mundo.

Mas, éste poco a poco,
comenzaba a perder color,
pues no podía evitar
sentir que a su alrededor,

las personas progresaban
logrando sus objetivos,
llevando vidas activas,
siendo muy productivos.

Sin embargo, hasta el momento
ella nada había logrado,
comenzaba a sospechar
que el tiempo había malgastado.

"Tal vez tenían razón,
sí fui una conformista,
jamás volveré a perder
mi futuro de vista.

Usaré un tiempo la máquina
para ordenar mis asuntos,
y una vez encaminados
me la quitaré y punto".

Luego volvió a su cuarto
y del guardarropa tomó
una pequeña caja
que años atrás allí guardó.

En su interior: la máquina,
que en aquella sociedad
cada joven recibía
al cumplir la mayoría de edad.

Tomó el aparato en sus manos,
tras una honda inhalación,
entre curiosidad y duda
procedió a su instalación.

Pasados unos segundos
todo seguía igual,
comenzaba a sospechar
que algo andaba mal.

Mas, de pronto notó
con gran incredulidad
que sus pensamientos se movían
con mayor agilidad,

ayudándole a recordar
fechas con precisión,
recuerdos que había olvidado,
de su vida cada escalón.

Viejos acontecimientos
perdidos en su memoria,
cada pieza del puzle
que conformaba su historia.

Pero eso no era todo,
también con gran nitidez
podía ver su vida actual
y las proyecciones de su vejez.

Tanto pasado como futuro
de pronto parecían reales,
gracias a la pequeña máquina
de prometedoras cualidades.

Los días que siguieron
estuvieron llenos de sorpresas,
la máquina continuó
deslumbrándola con sus destrezas.

Una de las más notorias
era la capacidad de calcular,
aplicando las matemáticas
como quien ha de respirar,

ayudándole a responder
a cualquier situación,
utilizando la lógica
y también la razón.

Pero de todas las cualidades
la más espectacular
era la de adelantarse
a lo que fuera a pasar,

activando una estridente alarma
cada vez que detectaba,
que en el futuro inmediato
alguna amenaza acechaba;

evitándole todo problema,
brindándole seguridad,
permitiéndole despreocuparse
y vivir con tranquilidad.

Todo fue viento en popa
hasta un momento dado
en que lo sencillo, lentamente,
comenzó a tornarse complicado.

Ya que poco a poco,
el día se le acortaría
al comenzar a trabajar
tiempo extra en la cafetería,

saliendo más tarde,
entrando a horas más tempranas,
todo para adelantar
el trabajo de mañana.

Pues por algún motivo
la máquina aumentó su exigencia,
aunque por el momento de eso,
ella no tuviera consciencia.

Mas, no solo en lo laboral
sufriría este descontrol,
la máquina también
jugaría un importante rol,

en algunas áreas
que no debía incidir,
asuntos más bien humanos
que no le habían de incumbir.

Cuestiones que estaban
más allá del razonamiento,
y que, en lugar de lógica,
exigían sentimientos,

generando sufrimiento
e infelices situaciones,
al aplicar sus cálculos
al campo de las relaciones.

Registrando al detalle
todo cuanto se decía,
midiendo lo que daba,
también lo que recibía,

mostrándose segura,
escondiendo sus emociones,
intentando analizar
de sus pares las intenciones.

Así, lentamente
se enfriaba su vida,
perdiendo la calidez
que supo tener un día,

volviendo gris
y forzado cada paso,
aunque aún faltaba la gota
que derramaría el vaso.

Pues la alarma que una vez
supo darle tranquilidad,
poco a poco se convertiría
en motivo de ansiedad,

despertándola por las noches
con su alarma estridente,
alertándola de problemas
y peligros inexistentes;

paralizándola de miedo
a plena luz del día,
adelantándose a amenazas
que al final nunca ocurrían,

quitándole a su vida
todo atisbo de frescura,
encerrándola en una rutina
muerta pero segura.

Era una fría mañana,
hacia el trabajo se dirigía,
caminando por la calle
cual sonámbula, dormida.

Ignorando la belleza
del paisaje circundante,
absorbida por la compulsión
de la máquina operante,

que no soltaba las riendas
ni siquiera por un momento,
intentando controlarlo todo
con bulliciosos pensamientos.

Entonces fue demasiado
ya no lo pudo aguantar,
desconsolada en un banco
a mares se sentó a llorar.

De pronto alguien se acercó,
-¿Disculpa, te encuentras bien?
-mientras que a ella de inmediato
se le erizó la piel-.

Era un hombre joven,
más o menos de su misma edad,
con expresión tranquila
y cierto aire de bondad.

-Estoy bien, no es nada,
-dijo ella aún vulnerable-,
al percibir la calidez
de aquella presencia amable.

Solo que últimamente
la vida me satura,
siento como si estuviera
al borde de la locura.

Pensarás que estoy loca,
-dijo ella ruborizada-.
-No creo que estés loca,
más bien estas estresada.

Y se sentó a su lado
a hacerle compañía,
mientras que a ella poco a poco,
el alma al cuerpo le volvía.

Entonces comenzaron
fluidamente a charlar,
hasta que de algo ella
se pudo percatar,

y al no poder aguantarse
le preguntó de inmediato:
-¿Qué sucede que no traes
puesto el aparato?

-Verás, hay una cosa
que he comprendido,
no es nada saludable
tenerlo siempre encendido.

Al igual que toda máquina
ésta debe descansar,
de lo contrario sobrecalienta
y comienza a fallar.

Por eso al principio
funciona perfectamente,
oficiando de herramienta
práctica y coherente,

aunque tras saturarse
toma temperatura,
transformando nuestra vida
en una amarga locura.

Pero déjame antes que nada
hacerte una advertencia:
la máquina no se entregará,
ofrecerá resistencia,

ella fue programada
para brindarte protección,
jamás podrá concebir
su propia desinstalación.

Todo es cuestión de tiempo
no tengas ninguna duda,
la fruta cae del árbol
una vez que está madura.

Se pusieron de pie,
se miraron tímidamente,
casual pero profundo,
encuentro poco frecuente.

-Mañana a la misma hora
aquí habrás de encontrarme,
sería un gusto si quisieras
venir a acompañarme.

-Dijo él al despedirse-
y se marchó sin más,
mientras ella allí quedó,
confundida y llena de paz.

Pero de pronto se percató
del sol brillando en la altura,
entonces la alarma sonó
y retornó la locura.

"¡La cafetería!,
no puedo creer,
me he olvidado,
¡qué voy a hacer!

Seguro hoy me despiden
por mi impuntualidad,
me quedaré sin trabajo
¡qué fatalidad!

Y una vez desempleada
¿qué es lo que haré?,
¿cómo podré arreglarme?,
¿cómo me mantendré?

Todo por este hombre
falso y entrometido,
seguro solo buscaba
coquetear conmigo".

-Pensó ella enojada-,
pues cuenta no se daba
que a través de sus pensamientos
era la máquina quien hablaba.

Los días que siguieron
fueron una demencia,
la máquina retomó el control
pero con mayor vehemencia,

subiendo el volumen
de sus pensamientos,
aumentando sus cálculos
y razonamientos.

Pero hubo una noche
en la que todo cambió,
cuando dentro de su pecho
una voz afloró:

"¿Cuál es el sentido
de vivir buscando más,
si en el camino a lograrlo
debo perder mi paz?

¿Para qué tanta suspicacia
y astucia desconfiada,
si me siento cada vez
más solitaria y aislada?

Extraño mi antigua vida,
tranquila y sencilla,
¿cómo fue que se convirtió
en esta horrenda pesadilla?".

Y en medio de las lágrimas
una imagen surgió,
la de aquel amable ser
al que un día conoció.

Entonces le pareció
volver a escucharlo hablar,
"cuando la máquina sobrecalienta
comienza a fallar".

Luego un instante
de profunda reflexión,
entonces del silencio
afloró una comprensión.

"Por supuesto, la máquina,
¡ese es el problema!,
debo quitármela
para acabar con este tema.

Recuerdo que comencé a usarla
para poner orden en mi vida,
pero luego ella absorbió
mi consciencia y energía".

Mas, cuando fue a quitarse
el aparato del oído,
la alarma sonó
haciendo mucho ruido,

y los pensamientos de miedo
comenzaron a aparecer,
intentando doblegar
a la voz de su ser.

"¿Qué crees que harás
sin la máquina en tu vida?,
volverías a estancarte
en tu falta de iniciativa,

las personas comenzarán
a tratarte con indiferencia,
y al verte vulnerable
se aprovecharán de tu inocencia.

¿Acaso has pensado
qué será de tu futuro,
sin planes ni precauciones
en este mundo inseguro?

Si te quitas la máquina
puedes darte por muerta,
la vida te cerrará
cada una de sus puertas".

Pero ahora ella sabía
lo que estaba ocurriendo,
la máquina descompuesta
creía estarla protegiendo.

Por eso no se involucró
en esa tormenta de miedo,
por el contrario, observó
aquel disfuncional juego.

Así, en un instante
se despejaron sus dudas,
su ser estaba maduro
para afrontar la aventura.

Entonces tomó coraje,
se quitó la máquina decidida,
y de un instante para el otro
cual niña cayó dormida.

Había amanecido,
era una nueva mañana,
ella aún tendida
permanecía en la cama,

con sus ojos entre abiertos
y su cuerpo distendido,
sintiendo una sensación
que nunca antes había tenido.

Se vistió sin apuro,
salió a dar un paseo,
desconcertada al encontrarse
con un mundo nuevo...

Lo árboles lucían
un renovado verdor,
las flores brillaban
con más intenso color.

Los pájaros cantaban
con incrementada alegría,
y ella extasiada,
su hermoso canto oía.

Incluso las personas
parecían más radiantes
y transmitían una calidez
que no había notado antes.

Por la tarde una anciana
entró a la cafetería,
ella tomó su pedido
con gracia y simpatía.

Antes de darse cuenta
estaban compenetradas,
compartiendo historias
y riendo a carcajadas.

-Tienes una manera
muy cálida de ser,
¿acaso te gustan los libros?,
algo te quiero proponer.

Y le dio la dirección
de una antigua librería,
donde horas más tarde
ambas se encontrarían.

-¡Qué hermoso sitio!
-exclamó la joven al verlo-,
deslumbrada por la armonía
que sentía al recorrerlo.

-Era de mis padres,
-respondió la anciana-.
-¿Te gustaría trabajar aquí?,
podrías empezar mañana.

La joven no pudo
contener la emoción,
los libros desde siempre
fueron su pasión.

¡Cuánto misterio!
¡Cuánta aventura!
¡Cuánta armonía!
¡Cuánta frescura!

Cada momento
era impredecible,
una posibilidad
hacia lo imposible.

Su vida fluía
con enorme belleza,
entre los libros
y la naturaleza,

entre aromas
y melodías,
entre amistades
y compañías.

En ese estado
de plenitud,
comenzó a sentir
enorme gratitud,

en ese estado
de pura expansión,
de pronto se llenó
de inspiración.

Sentada bajo un árbol
a pleno mediodía,
en la sombra descansaba
viendo al río que fluía.

Tomó lápiz y papel,
comenzó a escribir,
palabras que nacían
de su más hondo sentir.

Palabras que al brotar
la llenaban de comprensión,
pues parecían llegar
de otra dimensión.

Menuda sorpresa
fue la que se llevó,
cuando por primera vez
sus textos mostró.

Las personas se sentían
tocadas al leerlos,
la alentaban con entusiasmo
a que diera a conocerlos,

insistiendo en que su mensaje
era realmente urgente
y debía llegar
de inmediato a la gente.

Antes de darse cuenta
el día había llegado:
finalmente su libro
sería publicado.

Repleta de gente
estaba la librería
donde la nueva obra
se presentaría.

De pronto alguien se acerca,
le toca el hombro,
al voltear ella no pudo
ocultar su asombro,

al ver a ese hombre
con el que habló un día,
gracias al cual
este libro nacía.

-¿Me darías un autógrafo?,
-preguntó él con seriedad-,
mientras ella le golpeó
el hombro con complicidad.

Fue muy fuerte
lo que sintió al verle,
ella siempre quiso
encontrarlo para agradecerle,

por haberle servido
sus palabras de guía,
en aquel momento
tan oscuro de su vida.

Vaya sorpresa
le daba la vida,
que la mayor casualidad
mantuvo escondida,

hasta ese momento
en el que se encontraron,
después del cual
nunca más se separaron.

El círculo se cerraba
y aunque no hubiera metas
al fin pudo ver
la imagen completa.

Mirando en retrospectiva
comprendió con claridad
que en sintonía con la vida
nada es casualidad,

que entre el adentro y el afuera
no existen diferencias,
todo está unido
por una misma inteligencia,

que con dulzura y amor
está dispuesta a guiarnos,
una vez nos silenciemos
y comencemos a escucharnos.

Aunque cuando surgían
momentos de planificación,
ella no dudaba
en abrir aquel cajón,

donde la útil máquina
permanecía guardada,
lista y a la espera
de ser utilizada.

Pues, como ella decía
en la última hoja del libro:
"La máquina es necesaria
para mantener el equilibrio".

Sentía un profundo impulso
de agradecerle su guía,
ella y su Círculo
habían cambiado su vida.

Gracias, mil gracias,
en silencio le dedicaba,
entonces se preguntó
quién era el que las daba.

Cuanto más la sentía,
más de sí tomaba consciencia,
cuanto más la recordaba,
más se expandía su presencia.

Entonces lo comprendió:
"¡uno es el Ser!"
que en los distintos recipientes
su luz desea encender.

CAPÍTULO SIETE

**El Camino
de la Inconsciencia**

**El Camino
de la Consciencia**

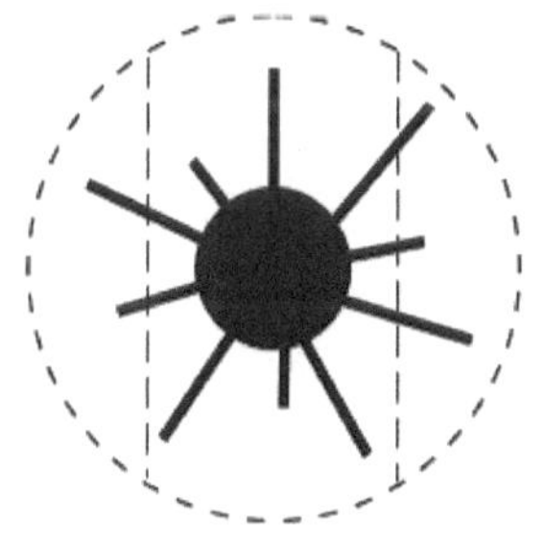

INCONSCIENCIA

CONSCIENCIA

REALIDAD

LO REAL

SUFRIMIENTO

DOLOR

CONFLICTO

PAZ

EL CAMINO DE LA INCONSCIENCIA

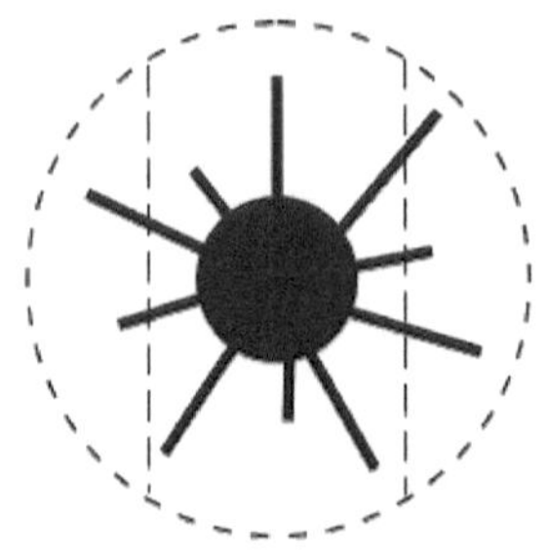

INCONSCIENCIA

REALIDAD

SUFRIMIENTO

CONFLICTO

En esta imagen el espacio del Ser está oscurecido, temporalmente eclipsado por un velo de emociones inconscientes acumuladas sobre él cual densas nubes, constituyendo ellas un filtro a través del cual la experiencia del ahora es oscurecida y distorsionada.

Inconsciencia

¿Qué tienen en común
el sol y la consciencia?,
que ambos son energía
y claridad en esencia.

¿Qué tienen en común
la nube y el pensamiento?,
que ambos pueden tapar
la luz por un momento.

No importa cuan potentes
sean los rayos del sol,
basta una pequeña nube
para tapar su calor.

No importa cuan potente
sea la luz de la consciencia,
un pensamiento inconsciente
puede tapar su presencia.

La inconsciencia es lo viejo
que se antepone a lo nuevo,
pensamientos involuntarios
que actúan cual velo.

Velo a través del cual,
sin saberlo contemplas el mundo,
tejido con las nubes
escondidas en lo profundo.

Realidad

Cuando los juicios del pasado
sean el marco por el que miras,
entonces verás lo viejo
reflejado en lo que percibas.

Cuando tus propias opiniones
sean el marco por el que veas,
entonces lo que es
taparás con tus ideas.

Mas, si miras a través
de tus nubes inconscientes,
todo lo veras gris
sin importar lo que intentes.

Lo que llamamos realidad
es solo una construcción,
donde cada uno percibe
su propia creación.

Sufrimiento

El sufrimiento es un escape,
un escape del dolor,
en el que te aíslas en tu mente
para no sentir el ardor,

que dentro de tu pecho
intenso está ocurriendo,
al tapar con pensamientos
lo que estás sintiendo.

Pero estos pensamientos
tendrán una cualidad,
estarán repletos,
infectados de negatividad.

Por eso no harán más
que empeorar ese momento,
al dolor en tu pecho,
le has agregado sufrimiento.

El dolor tiene un fin
si te animas a cruzarlo,
el sufrimiento es infinito
mientras insistas en crearlo.

El dolor es inevitable,
eso no está mal,
solo debemos recordar
que el sufrimiento es opcional.

Conflicto

Viejos dolores guardamos
que no pudimos sentir,
de pensamientos los ocultamos
con lo que llamamos sufrir.

Pero la herida está abierta,
todavía no ha sanado,
porque el dolor que la genera
aún no hemos mirado.

Entonces la sabia vida
que quiere hacernos un favor,
una vez más frente a nosotros
vuelve a poner el dolor,

para ver si esta vez
nos animamos a mirar,
para ver si en silencio
lo podemos transitar.

Esa es nuestra elección,
también podemos "protegernos",
atrincherándonos en la mente
para intentar defendernos,

y así evitar sentirlo
cubriéndolo de pensamientos,
que oscurecen nuestra vida
tiñéndola de sufrimiento.

El conflicto que ves afuera
nace de tu interior,
lo genera la mente
intentando ocultar el dolor.

Aunque tal vez el remedio
sea peor que la enfermedad,
pues es negando el dolor
que niegas la oportunidad.

EL CAMINO DE LA CONSCIENCIA

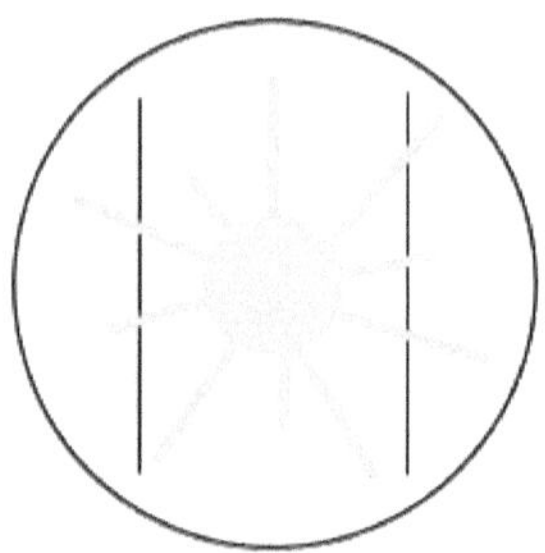

CONSCIENCIA

LO REAL

DOLOR

PAZ

En esta imagen el espacio del Ser está despejado. Es por esto que la luz de la Consciencia puede brillar a través de él, iluminando la experiencia inmediata del ahora.

Consciencia

Entre despierto y dormido,
¿cuál es la diferencia?

Entre la vida y el pensamiento,
¿cuál es la diferencia?

Entre los hechos y las ideas,
¿cuál es la diferencia?

Entre lo que es y lo que vendrá,
¿cuál es la diferencia?

Entre el dolor y el sufrimiento,
¿cuál es la diferencia?

Porque la vida está ocurriendo aquí
y te la pierdes por no mirarla.
Porque un pensamiento diminuto
de polvo no puede taparla.

Porque los hechos son como son,
carentes de negatividad.
Porque solo al mirarlos de frente
podemos verlos de verdad.

Porque el ahora es tan real
que no precisa ser pensado.
Porque el futuro sin pensamiento
es tan imposible como el pasado.

Porque el dolor es el amigo
que te muestra tu invulnerabilidad.
Porque el sufrimiento es la mentira
que oculta la verdad.

Porque estar vivo es mucho más
que un mero acto de presencia.
Porque no alcanza con existir,
la diferencia, es la consciencia.

Lo Real

Lo real es lo que ves,
cuando contemplas sin expectativa,
entregado a la ignorancia
del que por primera vez mira.

Es aquello que percibes
desde la pura inocencia,
cuando observas desde la claridad
que nace de la consciencia.

Lo real es la pureza
cristalina de la vida,
que con su simpleza abraza
al que en silencio mira.

Dolor

El dolor es leño,
la consciencia fuego,
cuando ambos se juntan
comienza el juego.

Un juego intenso,
pero silencioso,
que quemará lo viejo
dejándote espacioso.

Así es que permite
cualquier ardor,
en lugar de escaparte
abraza el dolor,

pues él está allí
con una finalidad:
que ilumines tu ser
para conocerlo de verdad.

Paz

Sientes el silencio,
no precisas nada más,
cuando en la nada tienes todo
has encontrado la paz.

Te has vuelto sencillo,
has dejado de sufrir,
has llegado a tu ser,
ya no hay nada que pedir.

Sin querer has encontrado
eso que tanto buscabas
y que insospechadamente
detrás del dolor guardabas.

Ahora el silencio te abraza
y tú no precisas más,
ahora en la nada tienes todo,
te ha encontrado la paz.

Había una vez un joven...

Había una vez un joven
fatigado y sediento,
que sin esperarlo encontró
un manantial en el desierto.

El cansancio y la sed
lo tenían abrumado,
pero beber de esa fuente
lo dejó extasiado.

Aquello era más que agua,
parecía energía,
le quitaba la sed,
lo llenaba de vida.

Al beberla tomó consciencia
de la sed que lo aquejaba,
al detenerse y descansar
notó cuan cansado estaba.

Entonces cayó rendido
en un sueño profundo,
sin saber que al despertar
lo haría en otro mundo.

Abrió los ojos y contempló
una estufa encendida,
al lado de ella una señora
que en su silla se mecía.

-Perdón, estaba dormido,
-el joven exclamó-.
-Pero ahora estas despierto,
-la mujer respondió-.

Así como para despertar
primero hay que estar dormido,
también para vivir
primero hay que haber sufrido.

A veces es necesario
perderse en el desierto,
para encontrar el oasis
que llevamos dentro.

-¿Sabes lo que soñé?,
-preguntó el joven intrigado-.
-Sé que este es tu oasis
y que del desierto has escapado.

Pero ahora ya es tarde,
mejor vuelve a tu hogar,
regresa otro día
y volveremos a hablar.

Camino a su casa
la energía se esfumaba,
aquella sutil calma
poco a poco se marchaba.

Llega, abre la puerta,
saluda sin saludar,
sus padres lo miran
sin siquiera mirar.

Sube a su habitación,
enciende la televisión,
el antídoto perfecto
contra la depresión.

Lentamente sus párpados
comenzaron a pesar,
la anestesia hizo efecto
contra el malestar.

Pero al abrir los ojos
quedó sorprendido,
no estaba en el mismo sitio
en el que se había dormido.

Otra vez el fuego
flameaba frente a él,
otra vez a su lado
la misteriosa mujer.

-Tranquilo, estás despierto,
ya puedes respirar,
de la pesadilla una vez más
has vuelto a escapar.

El joven no entendía
cómo había llegado hasta allí,
pero se sentía tan cómodo
que prefirió dejarlo así.

-¿Por qué siento esta paz
solo cuando estoy contigo?,
¿por qué al volver a la vida
también vuelve el vacío?

¿Qué es lo que me das?,
-el joven inquirió-.
-Nada que no tengas,
-la mujer respondió-.

-Solo soy el reflejo
de lo que guardas adentro,
al mirarme solo ves
lo que portas en tu centro.

-¿Tú, mi reflejo?,
eso no tiene sentido,
apenas soy un joven
que vive confundido.

La mujer lo contempló
con ternura en su mirada
-Un día estuve igual que tú,
más perdida que encontrada.

Pero ahora debes marcharte,
ya me está dando pereza,
-y el joven se retiró-
con más dudas que certezas.

Caminando por la calle
aún sentía la energía,
que con aquella persona
hace instantes compartía.

Pero siguió caminando
hasta llegar a su hogar,
lugar donde aquella calma
lo volvería a abandonar.

Se encerró en su cuarto,
se tumbó en la cama,
mientras sus pensamientos
lo cubrían de drama.

No demoró en dormirse,
tampoco en despertar
pero al hacerlo nuevamente
se encontraba en otro lugar.

Abrió los ojos,
notó que ella estaba allí,
a él no le extrañó
que eso fuera así.

Con una taza de té
lo estaba esperando,
mientras algo que olía muy bien
al fuego iba preparando.

Bien se podía sentir
en el ambiente la calidez,
que se manifestaba en ternura
y también en sencillez.

En ese armonioso clima
de tranquilidad y contento,
el joven hizo una pregunta
que guardaba hace tiempo.

-¿Por qué cada vez que despierto
lo hago a tu lado?,
¿hay algo que deba saber
que aún no me hayas contado?

Ella cerró los ojos,
permaneció serena,
mientras su respiración se hacía
cada vez más plena,

y fue aún sin abrirlos
que comenzó a hablar,
entonces palabras brotaron
de algún profundo lugar.

-Si despiertas aquí
es porque afuera has de dormir,
aunque tus ojos estén abiertos
sonámbulo has de vivir.

Así experimentas la vida
desde un sueño profundo,
y la pesadilla se vuelve real
al no ser consciente de su absurdo.

-¿De qué pesadilla me hablas?
-el joven preguntó-.
-De la pesadilla del sufrimiento,
-la mujer contestó-.

El sufrimiento y las pesadillas
comparten la misma base,
ambos surgen mientras duermes,
los dos en tu ausencia nacen.

Pues dentro de tu pecho
hay un tesoro escondido,
e ignorarlo es el motivo
por el que vives dormido.

Solamente hay un camino
para poderlo descubrir:
salir de tu mente
y comenzar a sentir.

Se produjo un silencio
donde lo dicho hizo eco,
resonando en sus interiores
que permanecían huecos.

Dentro de ella vibraba
esa profunda verdad,
dentro de él crecía
la sed y la curiosidad.

-Siento que es verdad
lo que acabas de decir,
¿mas, qué debo hacer
para comenzar a sentir?

-Una pregunta sincera
vale más que mil respuestas,
las explicaciones adormecen,
las dudas nos despiertan.

Y luego de esa frase
se levantó como si nada
a servir el estofado
que en el fuego reposaba.

Entonces disfrutaron
de sus vientres alimentar,
pues sus almas ya estaban llenas
de aquel momento de despertar.

"¿Qué es el sufrimiento?,
¿acaso yo he de sufrir?,
si es eso cierto,
¿por qué no lo he de sentir?

¿Será por estar dormido
que no lo puedo notar?,
¿será que intento esconderlo
para no tenerlo que afrontar?"

"No comprendo",
-el joven pensaba-,
acostado en su cama
a las cuatro de la mañana.

Estaba revolucionado,
obsesionado por entender
a qué se refería con "despertar"
aquella extraña mujer.

De pronto el silencio
inundó la habitación,
el joven hacia adentro
llevó la atención.

Dirigiéndola allí,
al centro de su pecho,
donde halló un corredor
oscuro y estrecho.

Solo consigo mismo,
liviano de equipaje,
hacia su propia oscuridad
emprendió aquel viaje.

Sin saber ya quién era
ni hacia donde se dirigía,
tan solo buscando
del sufrimiento la salida.

Y transitando ese túnel
tenebroso y aterrador,
de pronto se encontró
con las nubes del dolor,

las cuales se acercaban
a gran velocidad
con su presencia desbordante
de oscura densidad.

Entonces se detuvo,
las miró acercarse,
abrió sus brazos y se entregó
sin intentar escaparse.

Y aunque mucho ardiera,
aunque fuerte dolía,
notó que a cada paso
la nube se consumía.

Así continuó transitando
por su interior eclipsado,
aquel estrecho túnel
debía llevar a algún lado.

De pronto dolor
no sintió más,
en su lugar había
una intensa paz.

De pronto mutó
en verano el invierno,
de pronto se sintió
como en el vientre materno.

Pues había llegado
al final del corredor,
donde comenzaba un mundo
rebosante de amor.

En él quedó inmerso
quien sabe cuanto tiempo,
hasta que de pronto comprendió
que de volver era el momento.

Esa misma tarde
a su maestra fue a visitar,
aunque una gran sorpresa
se habría de llevar.

Pues, al entrar vio
el fuego apagado,
y la mujer que dormida
permanecía a su lado.

De repente ella despertó
al sentir su presencia,
y tras el sueño en el que estaba
recobró la consciencia.

-Hoy me toca a mí
despertar a tu lado,
-dijo la mujer-,
dejando al joven asombrado.

Pues, él no sabía
que los maestros soñaban,
que ellos también dormían
y que despertaban.

-Si tú eres mi maestra
y me ayudaste a despertar,
¿cómo puede ser que hoy
yo esté en tu lugar?

Entonces ella comenzó
a reírse a carcajadas.
-Mejor prenderé la estufa,
esta casa está helada.

Con una leve sonrisa
de su mecedora se levantó,
acomodó unos leños en la estufa
con los que el fuego encendió.

-¿Qué es un maestro?
-preguntó ella de repente-,
mientras él comenzó a buscar
alguna respuesta en su mente.

-Sal ya mismo de ahí,
-ella lo interrumpió-,
en tu mente están las preguntas,
la respuesta está en tu interior.

¿Qué es un maestro?,
-volvió a preguntar-,
claro que el joven
no supo qué contestar.

-Si no encuentras la respuesta
es por estar mal formulada,
¿quién es el Maestro?
sería la pregunta acertada.

El joven colapsó
con esa reformulación,
si la primera pregunta era profunda,
la segunda no tenía explicación.

Entonces ella prosiguió
hablando suavemente,
mientras el fuego y la conversación
templaban el ambiente.

-Imagina qué sucedería
si a una lámpara encendida
le preguntaras por la luz
con la que ilumina.

Seguramente te dirá
que esa luz no le pertenece,
que ella proviene de la fuente
que de energía la abastece.

Pero al preguntarle
a las lámparas apagadas,
te dirán que esa luz
proviene de la iluminada.

Dirán que no es normal,
sino una lámpara maestra
con conocimientos ocultos
que a nadie muestra.

Mas, la lámpara encendida
sabe perfectamente
que no es más que una lámpara
común y corriente,

que la energía llega
por estar conectada,
sabe que esa luz
no es más que una invitada.

Y les dirá a las apagadas
que también pueden brillar,
aunque éstas no le crean
y hasta puedan desconfiar.

Sin embargo, solo aquellas
que estén más cercanas,
podrán sentir el calor
que irradia su hermana,

únicamente aquellas
que mantengan su proximidad,
podrán ver con luz ajena
en la oscuridad;

y notarán como a su lado
todo tiene sentido,
sentirán que en su presencia
su propia luz se ha encendido.

Y aunque al alejarse de ella
la oscuridad vuelva a retornar,
estando a su lado despertaron
sus propias ganas de brillar.

-Se produjo un silencio-,
echó otro leño al fuego,
mientras la comprensión consumía
las lámparas del ego.

Entonces retomó la charla
que el joven tanto disfrutaba,
del mismo modo que ella,
pues no era ella quien hablaba.

-¿Quién es el Maestro?,
-volvió a preguntar-.
-El Maestro es la luz,
-contestó él sin dudar-.

-El Maestro es la luz,
por eso vemos en su presencia,
su calor es amor,
esa luz es la Consciencia.

Nuevamente el silencio
invadió la habitación,
una vez más la dicha
cantó su canción.

Otra vez el vacío
comenzó a vibrar,
pues lo dicho hizo eco
en algún lugar.

-Cuando el Maestro nos visita
nos llena de calor,
cuando a él hospedamos
irradiamos su amor.

Cuando su energía nos recorre
nos sentimos iluminados,
si su luz alumbra
vemos con ojos cerrados.

Cuando él nos agasaja
con su poderosa energía,
nos sentimos conectados
a la fuente de la vida,

porque el Maestro silencioso
de la fuente proviene,
de la gran Consciencia
que al universo sostiene.

De ahí que su sabiduría
fluya infinitamente,
usando nuestros cuerpos
como recipientes.

Y a todo lo que se acerque
le regalará su amor,
al igual que el sol no elige
a quien darle su calor.

Pero aunque todas las lámparas
sean exactamente iguales,
diferentes serán
el color de sus cristales.

Aunque la misma energía
recorra su interior,
aunque cada una emane
el mismo calor,

diferentes serán los matices
que esta luz habrá de traslucir,
cada persona transmitirá a su forma
lo que el Maestro quiera decir.

Es allí donde se esconde
su deleite profundo,
brillar con cada uno de nosotros
de forma única hacia el mundo.

Por eso, es que la luz
esperará pacientemente,
a que te aceptes
total y plenamente.

A que reconozcas
tu singularidad,
y dejes de temerle
a tu oscuridad.

A que se debilite
tu resistencia,
y estés más abierto
a su cálida presencia.

Ese día iluminará
desde adentro hacia el exterior,
aunque lo primero que veas
puede que te cause dolor.

Pues en tu interior albergas
lo que no has querido ver,
todo lo que has escondido
por haber dañado tu ser.

Todo lo que has reprimido
y mantenido en la sombra,
todo lo que has acumulado
y escondido bajo la alfombra.

De ello te haces consciente
cuando esta luz germina,
y al dolor te enfrentas
al reabrir tus heridas.

Y si se siente tan fuerte
que se asemeja a la muerte,
y si se siente arder
incendiando tu ser,

es porque en el fuego de la luz,
la oscuridad se está consumiendo,
es porque en la llama de la Consciencia
el dolor está ardiendo.

Arderá hasta consumirse
y allí la alquimia tendrá lugar,
cuando de pronto ese dolor
en paz comience a mutar.

Entonces te sentirás limpio,
con más espacio en tu ser,
y al mirar hacia adentro
a tu mejor amigo podrás ver.

Allí se encuentra el Maestro
que a la lámpara da sentido,
allí se encuentra la Consciencia
que ilumina el camino.

Te sentirás bendecido
al poder sentir su amor,
y darte cuenta que el Maestro
siempre estuvo en tu interior.

Su vida era simple,
tan simple como este instante,
ya no cargaba un detrás,
tampoco un delante.

Pasado y futuro
eran sólo una herramienta,
su mente se había vuelto
una obediente sirvienta.

Y disfrutando cada paso
de aquel trunco sendero
de pronto comprendió
lo realmente verdadero:

"La vida es éste paso,
sobre ésta parte del camino".
La satisfacción lo desbordó,
había llegado a destino.

CAPÍTULO OCHO

El Camino de la Mente

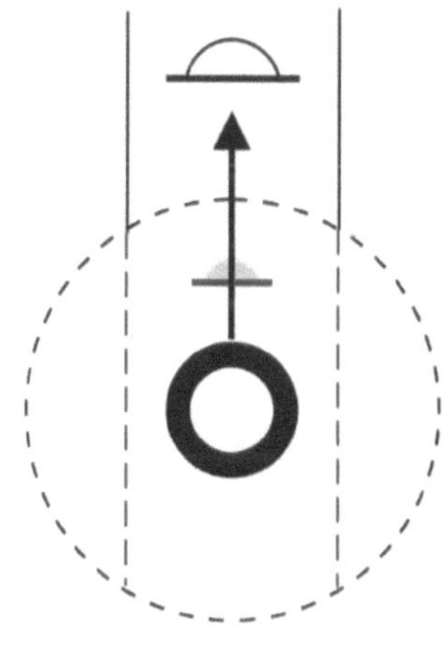

El Camino de la Vida

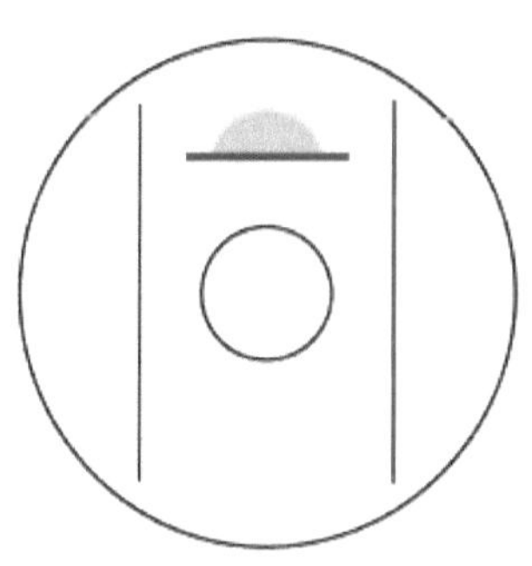

MENTE	VIDA
PROBLEMAS	SITUACIONES
PREOCUPACIÓN	RESPONSABILIDAD
ANSIEDAD	SATISFACCIÓN

EL CAMINO DE LA MENTE

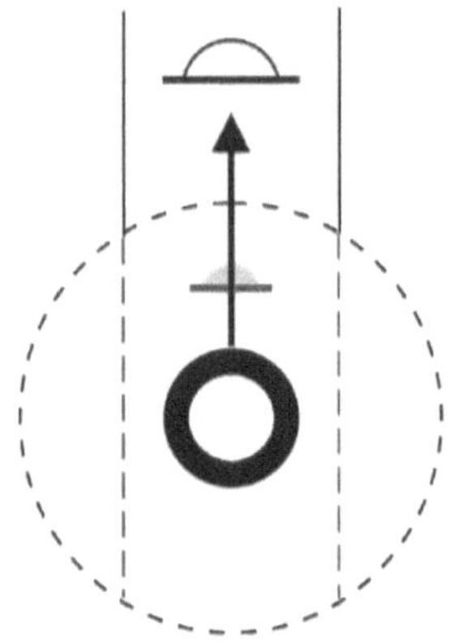

MENTE

PROBLEMAS

PREOCUPACIÓN

ANSIEDAD

En esta imagen vemos cómo una puesta de sol está ocurriendo en el campo de la vida, a la vez que la mente la proyecta en su mundo paralelo. Vemos también cómo esta proyección no solo carece de toda vida, sino que además eclipsa y distorsiona la experiencia real.

Mente

Sin siquiera mover un dedo
puedes viajar mil millas,
sin siquiera abrir los ojos
puedes ver mil maravillas.

Transportarte en el tiempo
con solo quererlo,
pasado o futuro,
todo puedes conocerlo,

gracias a ese mundo
paralelo al real,
hablamos ni más ni menos
que del mundo mental.

Por eso quien tenga el don
de imaginar a consciencia,
podrá volar como un ave
sobre toda la existencia.

Pero esta no es la regla
sino más bien la excepción,
el humano vive preso
en su propia imaginación,

ya que ese mundo
al que puede acceder,
lo ha absorbido por completo
arrebatándole el poder.

Moviéndolo cual péndulo
hacia atrás y hacia adelante,
desde el pasado más remoto
hasta el futuro más distante.

Siempre cuidadoso
de evitar el ahora,
único espacio
donde la mente se evapora.

Problemas

Un problema no es un hecho
es una interpretación,
donde se proyecta al futuro
una posible situación.

Así como una sombra
nace de un objeto,
un problema también
nace de un hecho concreto.

La cuestión es cuando olvidas
el hecho real
y caes dormido
en el mundo mental,

y en lugar de usarlo
para crear soluciones,
te enfocas en la sombra
agrandando sus proporciones.

Así será difícil
hallar la solución,
cuando solo ves el problema,
olvidas la situación.

Preocupación

La preocupación es un falso
sentimiento de responsabilidad,
mientras crees que te ocupas
solo incrementas la ansiedad.

No estás actuando
ni elaborando un plan de acción,
solo das vueltas a los problemas
aumentando su dimensión,

padeciendo por adelantado
lo que crees va a suceder,
olvidando que la vida
te va a sorprender.

Por eso cuando te encuentres
por las sombras acosado,
da un paso fuera de la mente
y las historias que ha creado.

Así, aunque no lo notes
habrás hecho lo más importante,
prepararte para actuar
al tomar consciencia de este instante.

Ansiedad

La ansiedad es el resultado
del pensamiento compulsivo,
que intenta responder
a lo que aún no ha ocurrido.

De esta forma la energía
no encuentra vía de expresión,
al tratarse de una historia,
no de una situación.

Recuerda, el cuerpo es ciego,
no conoce la diferencia
entre lo que la mente dice
y lo que en realidad vivencia,

así es que si ella
enciende la alerta,
el mecanismo de defensa
de tu cuerpo se despierta.

De esta defensa
se trata la ansiedad:
del cuerpo que lucha
contra lo que no existe en realidad.

EL CAMINO DE LA VIDA

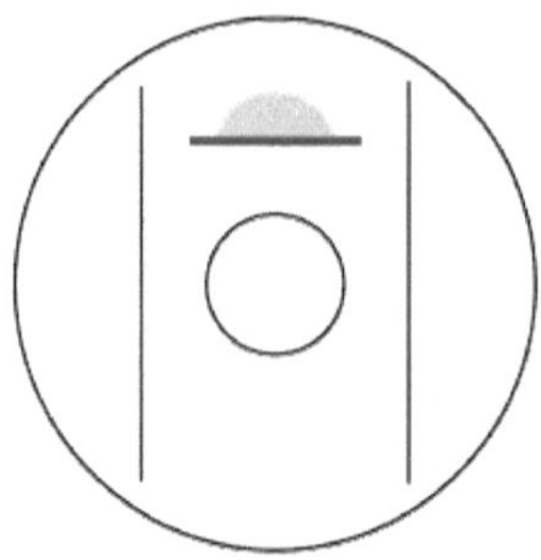

VIDA

SITUACIONES

RESPONSABILIDAD

SATISFACCIÓN

Aquí la puesta de sol está ocurriendo. De hecho, es lo único que está ocurriendo. No hay pensamientos que disparen la atención fuera del campo de la experiencia, por esto ella es tan intensa y pura.

Vida

Qué es la vida ignoro,
pero algo puedo afirmar:
ella ocurre aquí y ahora,
en ningún otro lugar.

El aquí es el camino
sobre el que pisan tus pies,
se trata del escenario
que a tu alrededor ves.

El ahora es el espacio,
el vacío recipiente,
que permite que el aquí
y que tú, estén presentes.

Jamás has estado
en otro lugar,
aquí y ahora
se encuentra tu hogar.

La vida es este instante,
que pasado y futuro ignora.
Ella solo conoce el aquí,
ella solo conoce el ahora.

Situaciones

Una situación
no es un pensamiento,
es un hecho concreto
que ocurre en este momento.

Obsérvala con cuidado,
con gran curiosidad
y podrás percibir
su absoluta neutralidad.

Verás que no son
ni malas ni buenas,
ni alegres ni tristes,
ni lindas ni feas.

Tampoco ellas son,
simples o complejas,
las ves de verdad
cuando de juzgarlas dejas.

Porque una situación
es la vida en movimiento,
con la que puedes fluir
cuando acallas el pensamiento.

Responsabilidad

Cuando te haces uno
con la situación
brindándole
toda tu atención.

Cuando permaneces
totalmente alerta
y tu mente en silencio
mantienes abierta;

sin que se entrometan
juicios de valor
que puedan distorsionar
tu claridad interior.

Entonces eres libre
para poder ver,
entonces eres libre
para responder.

Justamente eso
es la responsabilidad,
la habilidad de responder
desde la claridad.

Satisfacción

¿Por qué sonríe
el recién nacido
sin que nada
haya ocurrido?

¿Por qué se lo ve
pleno y colmado
si es que aún
nada ha logrado?

¿Por qué tan calmo
y tan radiante,
si desconoce
qué hay por delante,

mientras sus ojos
brillan contentos,
en lo sutil
de este momento?

Pues tal vez aún
percibe lo misterioso,
la magia de la vida,
lo simple y asombroso.

Aún no han existido...

Aún no han existido
en la tierra que pisamos
personas tan diferentes
como estos dos hermanos.

Eran el día y la noche,
azúcar y sal,
alegría y tristeza,
estanque y mar.

Uno hermoso, elegante,
confiado y encantador,
el otro feo y temeroso,
introvertido observador.

Aventurero y emprendedor
de su hermano difería,
quien vacilante e inseguro
cual sombra lo seguía.

Una mañana de verano
todo el pueblo estaba en calma,
los hermanos madrugaron
con los primeros rayos del alba,

para ir de pesca
como habían acordado,
emprendiendo la caminata
hacia el lago más cercano.

-El camino es muy largo,
estoy cansado de andar,
tal vez ni siquiera haya peces
será mejor regresar,

además está nublado,
seguro va a llover,
mejor volvamos al pueblo,
habrá algo mejor que hacer.

-Dijo el más dudoso-
sin obtener respuesta,
de su hermano que caminaba
con él a cuestas.

A sus dudas y negatividad
ya se había acostumbrado,
por eso lo ignoró
como si nadie hubiera hablado.

Tras hora de caminata
al fin pudieron llegar,
parecía una postal
aquel hermoso lugar.

El lago estaba sereno,
cual espejo reflejaba
al cielo y los árboles
que en sus orillas reposaban.

Los pájaros revoloteaban
cantando sus canciones,
mientras la brisa acariciaba
los arbustos y las flores.

Aprontaron sus equipos,
se sentaron a esperar,
mientras tanto uno de ellos
no dejaba de hablar.

-Te dije que no habría pesca,
nos hubiéramos quedado,
mejor nuestro tiempo
hubiéramos aprovechado.

Apenas tenemos dinero
para nuestras cuentas pagar,
deberíamos estar trabajando
en lugar de pescar.

Su hermano al oírlo
sintió remordimiento
pero eso no duró,
fue solo un momento,

decidió de inmediato
retirarle la atención
y disfrutar del entorno
en su total dimensión.

No fue un día de suerte
ni un solo pez capturaron,
por eso antes del atardecer
hacia el pueblo regresaron.

Allí los esperaba
con la cena servida,
su madre que al verlos
se llenó de alegría.

Le dio un fuerte abrazo
a su hijo preferido,
mientras que al otro ignoró
como si no hubiera venido.

Un rayo de luz
se filtraba por la ventana
de aquella humilde choza
donde la familia moraba.

Y con el canto del gallo
que le dio la bienvenida,
a desayunar la familia
se reunió en la cocina.

Tostadas con pan de ayer,
huevos de sus gallinas,
y leche recién ordeñada
en la mesa se servía.

Allí madre e hijo
en suave tono charlaban,
mientras del largo sueño
se despabilaban.

Sin embargo, había alguien
que se mantenía distante,
viviendo en su propio mundo
como aislado de ese instante,

esperando en silencio
la oportunidad,
de poder entrometerse
con su negatividad.

Habiendo desayunado
y cargado las energías,
hacia el mercado partieron
con sus mercaderías.

-Estoy ya cansado
de siempre trabajar,
me gustaría tener más tiempo
para la vida disfrutar,

ir de pesca más seguido,
hasta tarde poder dormir,
la vida no es para trabajar
sino para vivir.

-Dijo el quejoso hermano-
quien no paraba de hablar
generando en el otro
cierto malestar.

Ese día en el mercado
fue muy improductivo,
solo unos pocos huevos
allí habían vendido.

A la mañana siguiente
más temprano se levantó,
pero a su quejoso hermano
esta vez no despertó.

Apenas comió algo
partió hacia el mercado,
para experimentar algo
que lo dejaría asombrado.

Caminando por el sendero
con los cestos es sus hombros,
sintió como si hubiera
resurgido de entre escombros.

Se sentía muy liviano,
alegre, agradecido,
maravillado con cada cosa
que contemplaba en el camino.

Y aunque no se explicaba
aquel bello sentimiento,
continuó caminando
tranquilo y contento.

Pleno de entusiasmo,
energía y vigor,
armó su puesto en el mercado
listo para lo mejor.

Con todo preparado
en el piso se sentó,
pero para su desencanto
a comprar nadie se acercó.

Lejos de desmotivarse
se puso a reflexionar:
"¿Qué puedo hacer
para esta situación cambiar?".

Entonces se le ocurrió
buscar un lugar diferente,
donde su puesto fuera visible
para un mayor número de gente.

De esa forma pudo hallar
un lugar desocupado,
situado ni más ni menos
que en el corazón del mercado.

Poco a poco las personas
comenzaron a acercarse,
y los huevos y hortalizas
de su cesto a evaporarse.

Era algo hermoso
verlo trabajar,
interactuando con la gente
que se acercaba a comprar.

Su persona irradiaba
una tremenda energía,
que la gente del entorno
claramente percibía.

Al terminar la jornada
se sentía bendecido,
contento por la forma
en la que había respondido.

Así, retornó a su hogar
con los bolsillos saturados,
silbando a cada paso
de aquel camino empedrado.

Al llegar a la choza
su madre lo recibió,
aunque ella no pudo
creer lo que vio.

-¿Qué ha sucedido?
-preguntó ella al verlo-.
-Aún estoy sorprendido,
tampoco puedo creerlo.

Hasta tarde charlaron
como de costumbre,
aunque no ver a su hermano
lo llenó de incertidumbre.

Despertó, abrió los ojos,
él lo estaba acechando,
más resentido que nunca
su hermano lo estaba esperando.

-Oí que ayer tuviste
un día productivo,
será difícil se repita
dos días seguidos,

vamos a desayunar,
no hay tiempo que perder,
mucho es el trabajo
que tenemos por hacer.

El camino de ida
fue largo y tedioso,
su hermano lo atormentó
negativo y miedoso.

-Ojalá se repita
la jornada de ayer,
pero si no fuera así
¿qué vamos a hacer?

¿Y si esta vez nadie
se acercara a comprar?,
ya estoy cansado
de intentar y fracasar.

De esta manera
fue todo el viaje,
mientras su hermano sentía
cargarlo cual equipaje.

El paraíso que ayer
había experimentado,
esta vez en infierno
había mutado.

Al llegar al mercado
se dirigió a su nuevo lugar,
pero para su desencanto
ocupado lo fue a encontrar.

Y aunque intentó responder
a la nueva situación,
su hermano lo nubló
de miedo y preocupación.

-¿Y ahora qué haremos?
el lugar está ocupado,
al viejo sector
estaremos condenados.

Bien sabía yo
que tu suerte no duraría,
que más temprano que tarde
tu racha se cortaría.

No perdamos el tiempo,
volvamos a la choza,
seguro allí aprovecharemos
el tiempo en otra cosa.

Ese constante murmullo
hizo eco en su hermano,
quien terminó yendo
al viejo sector a desgano.

Y como era de esperarse
la historia se repetiría,
ni huevos ni hortalizas
allí se venderían.

Tras un largo día de trabajo
retornaron a su hogar,
sin un centavo en los bolsillos
y un agudo malestar.

Mientras uno se quejaba
vociferando al viento,
el otro era consumido
por la impotencia y el desaliento.

Pues se había dado cuenta
de un importante tema:
más allá de las situaciones
su hermano era el problema.

Y al mirar para atrás
pudo comprender,
que no fue casualidad
el golpe de suerte de ayer.

Así fue todo el camino
reflexionando bajo la luna,
si de aplacar a su par
habría manera alguna.

Aunque no tenía idea
de cuanto cambiaría,
su compleja relación
con la comprensión que nacía.

El viejo gallo cantó
una vez más su canción,
el sol lentamente
comenzó a hacer aparición.

Abrió sus ojos,
bostezó profundamente,
de su cama se levantó
lenta y sigilosamente.

A su hermano una vez más
no deseaba despertar,
era su día libre
y lo quería aprovechar.

Ni siquiera desayunó
para evitar hacer ruido,
tomó sus cañas y partió
hacia su refugio en el río.

Nuevamente en su soledad
se repetía la historia,
cada paso que daba
lo llenaba de gloria.

Cada ave que pasaba
le contaba un secreto,
cada árbol le contagiaba
la sensación de estar completo.

El tiempo en ese momento,
parecía no transcurrir,
pasado y futuro
allí no habían de existir.

Se sentía embriagado
de calma y simplicidad,
en el ahora estaba todo,
dicha y felicidad.

Y las lágrimas brotaron
como un cálido manantial,
desde aquel vacío
profundo y existencial.

La paradoja lo abrumó
al notarse así de pleno:
"¿Cómo estando tan vacío
puedo sentirme tan lleno?"

Entonces comprendió
lo más difícil de captar:
"Lo que sobra nos vuelve pesados,
no lo que ha de faltar".

De inmediato esta comprensión
resonó en todo su interior
y se detuvo bajo un árbol
para sentirla mejor.

Con los ojos cerrados
sentado bajo la sombra,
preguntó para sus adentros:
"¿Qué es lo que me sobra?"

Como un relámpago la imagen
de su hermano apareció
y de un instante para el otro
su ser se estremeció.

Casi podía escucharlo
diciéndole al oído:
"¿Qué haces ahí sentado,
acaso no ibas al río?

Siempre fuiste extraño
nunca te pude entender,
¿y ahora meditando?,
¿qué pretendes hacer?".

Aquella voz imaginaria
fue real por un momento,
igual que la sensación
de contracción y descontento.

Al sentir eso tan fuerte
él quedó impactado,
aunque allí estaba solo,
se sentía acompañado.

Pues tal vez aquel hermano
nunca existió realmente
y el personaje del que hablamos
era tan solo su mente.

Escalaba la montaña
avanzando hacia la cima,
liviano, sin un solo
pensamiento encima.

El ruido de la ciudad
había dejado atrás,
solo existían él, la montaña
y la paz.

Cada paso que daba
lo daba agradecido
por la belleza de aquel
imponente camino,

aunque no pudo evitar
sentirse asombrado,
era como si nunca antes
allí hubiera estado.

-¿Otra vez aquí?
-dijo ella al verlo-,
no tardó ni un segundo
en reconocerlo.

-He vuelto para agradecerte,
-respondió él en seguida-,
tú y tu Círculo
han cambiado mi vida.

Su cara era pura alegría
sus ojos estaban llorosos,
la emoción de volver a verla
lo llenaba de puro gozo.

-¿Recuerdas?, un día vine a ti
buscando un poco de paz,
pero dentro del Círculo
encontré mucho más.

No solo hallé la calma
que tanto necesitaba,
también encontré la alegría
que fuera de él buscaba,

y una profunda dicha
desbordó mi interior,
al descubrir un mundo nuevo
cuya esencia era el amor.

Mis ojos se abrieron
para entonces poder ver
la abundancia que la vida
tenía para ofrecer,

y me inundó la confianza
al sentirme protegido,
por la vida que me regaló
su claridad y sentido.

¿Cómo puedo explicar
todo lo que he encontrado
dentro de este invisible
Círculo sagrado?

Si fue en su interior
que brotó la voz de mi ser,
esa que me impulsó
a mi camino recorrer,

haciendo mil pedazos
mi vieja personalidad,
enseñándome quién yo
era en verdad.

Mi mente se detuvo
junto con sus viejos patrones
y fluyendo con la inspiración
descubrí mis grandes dones,

que iluminaron mi vida
y la llenaron de color,
encendiendo mi consciencia,
evaporando el dolor.

Y con esa potente luz
ya no hubo confusiones,
pude distinguir claramente
la vida de las ilusiones,

sin volver jamás
a perderme en mi mente,
pues comprendí que lo real
es el momento presente.

-De pronto ella lo interrumpió-
de manera tajante,
mientras que a él desconcertado
le cambió el semblante:

-Ahora solo te falta
una última comprensión,
¿estás preparado
para esta lección?

-¿De veras hay algo más
que aún no me hayas contado,
acaso algún secreto
que mantuviste guardado?

Se produjo un silencio,
luego le contestó
con una respuesta
que él jamás se esperó.

-¿Qué haces con un mapa
una vez que has aprendido,
cual es el camino
para llegar a destino?

Si lo siguieras utilizando
cuando ya no fuera necesario
te perderías el viaje
y sus diferentes escenarios.

-¿Qué intentas decirme?
-preguntó el hombre confundido-,
-y ella le contestó-:
-¡ya has llegado a destino!

Así que olvídate del Círculo,
era sólo una guía,
ya has recordado
dónde se encuentra la vida,

ahora debes soltarlo
y disfrutar la experiencia,
el Círculo eres tú,
él nace de tu consciencia.

Tú eres el núcleo
que al ahora da sentido,
tú eres la vida
que hace posible el camino.

De ti nació eso
que en el Círculo vivenciaste,
tú eres el secreto
que en su interior encontraste.

Hizo una pausa
para dejarlo digerir
aquel mensaje
que acababa de oír.

Entonces se miraron,
brillaron sus ojos,
sus almas se unieron
con nudos y cerrojos.

-Querida Nagari
siempre te estaré agradecido
por haberme recordado
el verdadero camino.

AGRADECIMIENTOS

Gracias padre
por ayudarme a forjar
la semilla que juntos
habríamos de quebrar,

acariciando luego
mi brote con amor,
al haber sido el primero
en llamarme escritor.

Gracias madre
por tantas bellas horas,
por haber sido
la mujer en la mecedora,

con la que despertamos
conjuntamente
en el intenso fuego
del momento presente.

Gracias Sebastián
por los momentos de sencillez,
instantes de riqueza
compartidos en la escasez,

por enseñarme que disfrutar
de lo simple es un arte,
por recordarme que la cáscara
también forma parte.

Gracias Miguel
por los momentos de conexión,
por los instantes de pureza
y de reflexión,

por haber compartido
tu sed de buscar,
dándole a esta lámpara
un motivo para alumbrar.

Gracias Christian
por haberme transmitido
la confianza de quien se siente
por el mar protegido,

por haberme enseñado
que es en vano viajar,
que solo mirando hacia adentro
se puede conocer el mar.

Gracias Diego
por crecer junto conmigo,
por quitarte la máquina,
por ser mi amigo,

permitiendo así
que fluya la inspiración,
celebrando la creatividad,
compartiendo nuestra pasión.

Gracias Ximena
por ensañarme a ver,
con tu traslúcida cáscara
la pureza del Ser,

por ser esa sandía
de inmenso interior
que me enseñó sin palabras
el verdadero amor.

Gracias por haber
estado siempre ahí,
gracias por haber
sido mi Nagari,

que sin necesidad de símbolos,
mapas o guías,
me recordó lo esencial
con su sola compañía.

Gracias Vida
maestra silenciosa,
por todos estos maestros
y por tantas otras cosas,

por haber colocado
dentro de esta semilla,
un brote soñador
que hoy con tu luz brilla.

ÍNDICE

INTRODUCCIÓN.. 5

CUENTO INICIAL.. 9

CAPÍTULO 1... 27

CAPÍTULO 2... 55

CAPÍTULO 3... 83

CAPÍTULO 4... 117

CAPÍTULO 5... 159

CAPÍTULO 6... 189

CAPÍTULO 7... 233

CAPÍTULO 8... 269

CUENTO FINAL.. 297

AGRADECIMIENTOS.. 304